도시 마도사 3

네르가시아 장편소설

초판 1쇄 찍은 날 § 2017년 1월 13일
초판 1쇄 펴낸 날 § 2017년 1월 20일

지은이 § 네르가시아
펴낸이 § 서경석

편집책임 § 최지원

펴낸곳 § 도서출판 청어람
등록번호 § 제387-1999-000006호
등록일자 § 1999. 5. 31
어람번호 § 제1-2607호

주소 § 경기도 부천시 부일로 483번길 40 서경B/D 3F (우) 14640
전화 § 032-656-4452 팩스 § 032-656-4453
http://www.chungeoram.com
E-mail § chungeorambook@daum.net

ⓒ 네르가시아, 2016

ISBN 979-11-04-91157-6 04810
ISBN 979-11-04-91082-1 (세트)

도시
마도사

네르가시아 장편소설
FUSION FANTASTIC STORY

3

도서출판
청어람

차례

C O N T E N T S

제1장 도망자 · 7

제2장 새로운 방문자 · 33

제3장 초상 · 87

제4장 제주도 · 117

제5장 시름이 깊어지는 일들 · 145

제6장 새롭게 드러나는 진실 · 172

제7장 혼신의 힘을 다한 공격 · 202

제8장 공방전 · 231

외전 그, 그녀 · 267

제1장
도망자

카룬의 왜곡된 공간 안.

레서 드레곤과 영혼석에서 해방된 발록의 영혼이 대립하고 있다.

크르르르르릉!

―크흐흐, 오랜만에 제대로 된 고기 맛 한번 보겠군.

이 세상에 있는 몬스터 중에서 레서 드레곤의 서열은 150위 안에 들지만, 몬스터의 왕이라 불리는 발록을 이길 수는 없었다.

해방된 발록의 영혼은 카미엘의 마나를 이용하여 자신의 신체 일부를 재구성하였다.

뚜두두두두둑!

빠르게 형태를 잡아낸 발록의 두 팔이 레서 드레곤의 양악을 틀어쥐었다.

틱!

캑캑!

―죽어라!

순간 발록의 눈동자가 파랗게 빛나며 마나의 폭발을 일으켰다.

콰아아앙!

발록의 손에서 뿜어져 나온 마나가 레서 드레곤의 아가리를 순식간에 두 갈래로 찢어버렸다.

촤라라락!

사방으로 튀어 오른 레서 드레곤의 피가 발록의 손을 통하여 흡수되기 시작했다. 그리고 그 피가 발록의 나머지 부분을 마저 재구성하였다.

뚜둑, 뚜두두둑!

몸통, 다리, 머리, 날개까지 발록은 온전한 악마의 모습을 갖추어 나가기 시작하였다.

―크하하하! 이 몸이 다시 되살아났도다!

몬스터의 왕 발록이 되살아나긴 했지만 여전히 카룬의 힘은 건재하였다.

"후후, 재미있는 놈이로군. 지금까지 그런 괴상망측한 힘으로 대륙 최강의 자리를 지켜온 것인가?"

"난 그런 자리에 흥미를 가진 적 없다. 너 같은 사이비 마도사들이 명성에 목말라 피를 부른 것뿐."

카룬은 실소를 흘렸다.

"훗, 그렇다곤 해도 네가 증오하는 몬스터를 통해 그 자리를 지켜온 것은 사실이다. 그렇지 않나?"

"…무슨 말이 하고 싶은 것인가?"

"나와 너는 갈래가 같다는 말을 하고 있는 것이다. 네놈은 영혼을 가두어 힘을 축적하였고 나는 공간을 재구성하여 힘을 발현시킨다. 어차피 세상을 파괴시키는 행위는 매한가지라는 소리지."

"개소리도 그 정도면 수준급이다. 인정해 주지."

카룬은 자신의 영역 안에 또 다른 포털을 소환시켰다.

스스스스스!

그의 손에서 뻗어 나온 큐브들이 타원형으로 모여들더니 이내 형태를 갖추어 포털을 만들어냈다.

지이이잉!

카룬은 그곳에서 거대한 주먹을 소환해 냈다.

"파괴는 마법의 본질이다. 네놈이 맹신하는 그 기계 마도학이라는 것도 결국 마찬가지고 말이야."

"…뭐라?"

잠시 후, 거대한 주먹이 카미엘의 신형을 덮쳐왔다.

부웅!

카미엘은 발록의 날개를 접어 방패를 만들었다.

하지만 워낙 주먹이 거대했기 때문에 충격은 가히 상상을 초월할 정도였다.

쿠구구구궁, 콰앙!

퍼억!

"크허어억!"

―…저 빌어먹을 인간이 소환한 주먹은 도대체 뭐야?

그 때문에 발록의 날개는 깨져 다시 형태를 잃어버리고 말았다.

부스스스.

떨어져 내리는 발록의 살점 사이로 회색 가루가 보인다.

"…석회암?"

카미엘은 그가 소환한 주먹이 다름 아닌 거대한 동상이라는 것을 깨달았다.

카룬은 거대한 동상의 팔을 소환시켜 카미엘을 공격하는 무기로 삼은 것이다.

한마디로 그는 굳이 몬스터가 아니더라도 자신이 소환할 수 있는 영역에 있는 것이라면 무엇이든 소환할 수 있다는 소리였다.

"저놈, 몬스터만 소환할 수 있는 것이 아닌 모양이야."

─이 세상에 저런 괴물이 있었단 말인가?

만약 카룬이 마음만 먹는다면 핵폭탄을 소환해서 이곳을 쑥대밭으로 만들 수도 있을 것이다.

그러나 아공간이라는 공간이 불안정함으로 폭탄은 소환하지 않는 것 같았다.

동료들이 불안한 목소리로 카미엘을 불렀다.

"…이봐, 단장. 두 사람이 신기한 광경을 보여주는 것은 좋은데 말이야, 이곳에서 빠져나가는 것이 먼저 아니겠어? 이러다간 정말 아공간에 갇혀서 죽겠어."

그제야 정신을 차린 카미엘이 주변을 둘러보니 큐브의 숫자가 줄어들면서 이곳의 공간이 점점 좁아지고 있었다.

아무래도 카룬이 능력을 사용하는 매개체가 바로 이 큐브인 모양이다.

"아공간을 만들어내는 것이 큐브이니 이 큐브가 세력을 다하게 되면 우리는 압사되고 말 테지."

"그렇게 잘 알면 뭔가 방법을 강구해야 할 것 아니야?"

"…하지만 나도 이런 공간은 처음 본다고."

박사들은 카미엘에게 한 가지 힌트를 주었다.

"어차피 아공간은 큐브로 만들어지는 것 같으니 이곳에 아공간 파쇄기를 가져다가 폭발을 일으키면 벽이 허물어지지 않을까요?"

카미엘과 그 일행이 무릎을 쳤다.

"아아, 맞아!"

"대장, 어서 라바를 꺼내어 이곳을 빠져나가자!"

"알겠어."

그는 소환 아공간을 통하여 라바를 소환하였다.

스스스스!

끼릭, 끼릭!

카미엘은 먼저 시간을 벌기 위해 카룬에게 아공간 파쇄탄을 한 발 날렸다.

철컥!

"이거나 먹어라!"

우우우우웅, 퍼엉!

그러자 카룬의 아공간이 사방으로 흩어지면서 그가 저만치 물러났다.

콰아아앙!

"…이런, 제기랄!"

"오호, 저놈에게도 약점은 있었어. 아공간을 사용하는 만큼 전력과 자기장에 약한 거야."

카미엘은 놈에게 연달아 아공간 파쇄탄을 쏘아 보냈다.

펑, 펑, 펑!

그러자 이제는 기세가 반전되어 카룬이 도망치는 신세가 되었다.

"이놈!"

그는 아공간을 열어 위치를 바꾸려 하였으나, 사방을 일그러뜨리는 파쇄탄의 영향으로 발이 묶이고 말았다.

끼이이잉!

결국 아공간과 아공간 사이에 끼어버린 카룬은 오도 가도 못하는 상황에 놓이게 되었다.

"쳇, 일이 조금 꼬여 버렸군."

"지금이야! 이곳을 무너뜨리고 밖으로 나갈 수 있다면 저놈도 무사하지는 못할 거야!"

"가자!"

라바는 큐브의 벽에 아공간 파쇄탄을 쏘아 보냈다.

펴엉!

잠시 후, 큐브의 벽이 거대한 폭발을 일으키며 분화하였다.

끼이이이이잉, 콰아아앙!

"끄아아아아악!"

그녀의 예상대로 카룬은 다리가 잘린 채로 고통스러운 비명을 질러댔다.

하지만 다리가 잘린 카룬은 이제 아공간에서 자유로워졌다.

"…허억, 허억! 덕분에 자유를 되찾았다! 그 대가로 이 연놈들을 저세상으로 보내주마!"

한 방으론 역부족이었는지 큐브의 벽은 약간의 균열만을 일으킨 채 여전히 그 형태를 유지하고 있었다.

카미엘은 신속하게 또 한 발의 파쇄탄을 발사하였다.

철컥, 퍼엉!

이윽고 파쇄탄이 큐브의 벽에 나 있던 균열을 완전한 폭발로 바꾸어놓았다.

콰아아아아앙!

"크허억!"

카미엘과 동료들은 거대한 진동에 적지 않은 충격을 받아 바깥으로 튕겨나갔다.

*   *   *

제주 남부로 제24사단 보병 부대가 몰려들었다.

1만에 육박하는 보병들이 제주 남부를 지키기 위해 모여들었으나, 아직까지 포병 부대의 합류가 지연되는 바람에 전선만 유지하고 있는 실정이었다.

이번 제주 남부 몬스터 창궐 사태로 인하여 발등에 불이 떨어진 곳은 일본이었다.

규슈 지역 7개 현은 현재 제주도에서 해저터널이 연결되었을 경우를 대비하여 고토 시를 시작으로 고토 지역 군도를 잇는 징검다리 공사에 착수하였다.

원래 한일 해저터널은 후쿠오카에서 대마도를 경유하여 부산으로 이어지는 경로였다.

하지만 대마도가 몬스터로 인해 완전히 점령당하고 인근 해역 10㎞ 반경의 해저 지반이 불안정해져 도저히 연결이 불가능해졌다.

그리하여 철저한 지반 조사를 통하여 얻은 결론이 바로 제주도와 후쿠오카를 연결하는 규슈 서부 해저터널이었다.

현재 대한민국 본토와 제주도를 연결하는 지하터널이 건설되어 있었는데, 그곳에는 고속철이 지나다닐 수 있는 기반 시설이 갖추어져 있었다.

한때 대한민국은 몬스터의 창궐로 인하여 제주도를 행정 도시로 사용한 적이 있었다.

그때 수도 서울을 비롯한 한국의 본토는 거의 궤멸 직전이었기 때문에 오로지 제주도만이 최후의 보루로 지목되었다.

대한민국 정부는 제주도에 물류 허브를 건설하고 군사시설을 확충하는 등의 대대적 인프라 구축에 나섰다.

그 일환으로 총 15개의 해저터널이 건설되기 시작하였고, 본토와 제주도를 연결하는 터널이 완공되었다.

한일 두 정부가 상당히 불안한 지반을 가진 대마도 인근의 해저 사용을 포기하고 제주도를 선택한 것은 현재 부산보다 더 발달한 제주도가 더 메리트가 있다고 판단했기 때문이다.

하나 제주 남부에 갑자기 몬스터가 출몰하는 바람에 이 모든 계획이 수포로 돌아가게 생겼다.

대한민국 정부가 해저터널의 착공을 사실상 폐기한다는 입장을 밝힌 것이다.

그로 인해 타격을 받은 곳은 일본 남서부였다.

규슈 지역의 일곱 개 현은 거의 모든 자금을 털어서 공사를 진행하고 있었기 때문에 그 타격은 이루 말로 다 할 수가 없을 지경이었다.

해저터널에 대한 기대 심리가 올인성 투자에 불을 붙인 것이다.

24보병 사단이 주둔하고 있는 가운데 일본 규슈 지역의 주민들이 피켓 시위를 벌이고 있다.

"제주도 남부 지역 해안터널 부지 선정 취소에 대한 조치는 규슈 지역 국민을 말려 죽이는 행위입니다! 당장 철회합시다!"

"철회합시다! 철회합시다!"

일부 제주자치도 시민들이 시위에 참가하면서 규모가 서서히 커지고 있었으나, 한국 정부와 일본 정부는 난색을 표하였다.

한국 정부는 남부 해안이 한번 점령당하기 시작하면 앞으로 또 어떤 위험이 발생할지 알 수 없기 때문에 해저터널을 건설할 수 없다는 입장이었다.

일본 정부 역시 제주 남부 대신 차라리 울산과 야마구치 지역을 잇는 것이 낫다고 판단하였다.

그러나 대마도에 몬스터가 창궐한 여파로 울산 앞바다의 지각 변동이 일부 일어났다는 학자들의 주장이 있어 이마저도 쉽지는 않을 것으로 보였다.

상황이 이대로 흘러가게 되면 사실상 해저터널 건설은 무기한 연기되어 거의 취소 수순을 밟게 될 것이 뻔했다.

결국 규슈 지역 지자체가 어마어마한 타격을 받는 것은 알고 있지만 그 때문에 위험을 감수할 수 없는 것이 양쪽 정부의 입장이었다.

더군다나 현재 대한민국 정부는 미국의 해군기지 건설과 이를 저지하려는 중국 사이에서 외교적 압박을 받고 있었다.

여당은 이 기회에 제주를 중립 지역으로 만들어 해상 교역로의 기능만 극대화시키려 하고 있었다.

이것은 일본 동토 지대를 말려 죽이는 행위라는 지적이 나왔으나 대통령 내각은 그것을 묵과하고 있었다.

아마 대한민국 본토에서 해저터널 건설안의 부활을 촉구하지 않는다면 프로젝트는 이대로 물거품이 되어버릴 것이 분명

했다.

제주 남부 지역에 운집한 일본 시위대에게로 경찰 병력이 다가왔다.

"현재 우리 대한민국 경찰은 일본 중앙 경찰과 연계하여 불법 시위대를 진입하라는 명령을 받았습니다! 이제 곧 일본 중앙 경찰이 당도하게 되면 여러분을 일본으로 모셔갈 겁니다! 그러니 이제 더 이상의 시위를 멈추고 고국으로 돌아가 주십시오!"

경찰 병력이 방패를 들고 시위대 앞을 가로막자 일본 시민들이 흥분하여 외쳤다.

"이젠 평화 시위도 탄압하는 것이냐?!"

"대한민국 영토에서 시위를 벌이는 것은 국제법 위반입니다! 만약 돌아가지 않는다면 유엔평화유지법에 따라서 즉각 제재를 가할 수도 있습니다!"

"이런 제기랄!"

바로 그때, 시위대의 후방으로 일본 경찰들이 모습을 드러냈다.

위이이잉!

"일본 중앙 경찰에서 알립니다! 현재 대한민국 영토에서 불법 시위를 벌이고 있는 인원은 신속히 본국으로 돌아가 주시기 바랍니다! 이것은 국제법 위반입니다! 양 정부의 마찰을 조장하는 행위는 중형으로 다스릴 수 있습니다! 그러니 어서 철수해 주십시오!"

한국의 경찰들이 앞에서 막고 자국의 경찰이 뒤에서 압박하니 시민들이 흥분하여 더욱 난리를 치기 시작했다.

"이런 개자식들! 너희들은 누구 편이야?! 본국의 시민을 탄압하는 것이 과연 잘하는 짓이냔 말이다!"

"잘하고 못하고를 떠나서 지금 이러한 행위는 범법 행위입니다! 한국군이 당신들에게 총부리를 겨누어도 할 말이 없다는 소리입니다!"

"…우리를 버리려고 아주 작정을 하셨군! 오냐! 다 죽여라! 어차피 지자체 예산 거덜 나고 시민들 기금을 모아서 만든 예산까지 털렸으니 우리도 앞으로 막막하다! 차라리 죽여!"

지자체의 예산만으로는 징검다리 건설이 불가능하여 시민들의 모금을 받고 더러는 꽤 많은 양의 투자도 받았다.

그런 상황에서 한국 정부가 갑자기 정책을 틀어버리면 참으로 난감한 상황이 되어버린다.

게다가 일본 정부마저도 위험부담을 떠안지 않기 위해 필사적이니 이것이야말로 진퇴양난이었다.

하지만 이것은 엄연히 법적으로 문제가 없는 행위이고 어디까지나 몬스터의 창궐로 인한 대안이다.

"아무튼 돌아가 주십시오! 지금 당장 돌아가지 않으면 무력으로 제압할 수밖에 없습니다!"

"이런 개자식들!"

이제 더 이상 시위대가 나아갈 수 있는 방법은 없었다.

결국 그들은 두 손을 들 수밖에 없었다.

"…갑시다."

시위대가 하나둘 철수하는 가운데 갑자기 돌발 상황이 벌어졌다.

일본 측 시위대 속에서 몇몇 청년이 한국 경찰을 향해 달려나가기 시작한 것이다.

"와아아아! 죽어라!"

퍼억!

그들의 행동은 놀랍도록 빨랐다.

한국 경찰들이 미처 대처하기도 전에 앞선 방어 병력을 폭행하고 나선 것이다.

빠악!

"으윽!"

"자꾸 이러시면 무력을 행사할 수밖에 없습니다!"

시위대 청년들은 경찰의 경고 따윈 안중에도 없었다.

"흥, 그럼 누가 겁먹을 줄 알았냐?"

오히려 더욱 득달같이 달려드는 청년들에게 결국 경찰이 방어 행위를 했다.

퍼억!

경찰이 방패로 시위대를 밀어내자 청년들이 여론 몰이를 시작했다.

"…이 새끼들이 사람을 쳐?!"

"이놈들이 우리의 아들을 때렸습니다! 가만히 있을 수는 없어요!"

"옳소!"

"오 오 오 오!"

어느새 시위대는 한국 경찰을 향해 미친 듯이 달려 나갔고, 순식간에 시위 현장은 폭력의 구렁텅이로 변해 버렸다.

일본 경찰은 시위대를 진압하기 위해 후방에서 달려들었다.

"막아! 저놈들을 막으란 말이야!"

"기동대, 앞으로!"

한일 양국의 경찰들이 시위대를 압박하자, 그들은 더욱 맹렬하게 저항했다.

"죽어라!"

퍼억!

이제는 경찰이 전장의 적군이라는 식이었다.

하지만 사안 자체가 워낙 민감했기 때문에 경찰은 일정 수준 이상의 무력을 행사하기가 곤란하였다.

그나마 일본 경찰이 아름아름 무력을 사용하긴 했으나, 혹시라도 한국 경찰이 무력으로 타국 시민을 진압했다는 꼬투리가 잡히면 큰일이기 때문에 소극적일 수밖에 없었다.

그러던 가운데 일본인이 한국 전경을 끌어내 투구를 벗기고 쇠파이프로 머리를 타격하는 일이 벌어지고 말았다.

빠악!

"…쿨럭쿨럭!"

"허, 허억!"

이제 막 20대 초반이 된 청년은 그 자리에 누워 정신을 잃고 말았다.

일본 경찰은 사태가 심각해졌음을 느꼈다.

이제 그들은 인정사정 봐주지 않기로 했다.

"기동대, 타격하라!"

"와아아아아!"

퍽퍽퍽퍽!

시위대와 일본 경찰이 마찰을 일으키고 있는 가운데, 한국 경찰은 부상자를 응급차에 태워 그를 병원으로 옮겼다.

결국 일본 경찰이 시위대를 타격하여 가까스로 폭력 시위를 진압하긴 했으나, 이미 한국 전경 한 명이 중태에 빠진 이후였다.

*   *   *

한국 전경이 중태에 빠지고 난 후 한일 양국의 외교는 한 치 앞을 내다볼 수 없는 소용돌이 속에 빠져들고 말았다.

　이제 더는 한일 해저터널 프로젝트가 진행되는 것은 어려운 지경에까지 이르렀으니 이는 일본의 입장에선 참으로 난감한 일이었다.

　시위대가 제주도까지 상륙하여 여행자 신분으로 시위를 벌인 일, 더군다나 그 시위에서 한국 경찰이 상해를 입어 중태에 빠 졌으니 입이 열 개라도 할 말이 없었다.

　그런 가운데 한국 국민들이 들고일어났다.

　일본과의 외교에서 손해를 볼 바엔 아예 절연을 선택하라는 것이었다.

　물론 이는 분명 억지였으나 양국 정부에겐 아주 큰 압박이었 다.

　상황이 이러하니 이제 더 이상 프로젝트의 부활은 사실상 힘 들어졌다.

　그런 가운데 실버 나이프 용병단이 제주도 위험지역으로 조 사관을 파견하였다.

　제롬 블루스톤, 그는 얼마 전까지 유엔사무국에 소속되어 주 로 분쟁 지역과 재난 지역을 조사하던 조사 전문가이다.

　그는 지난 20년 동안 유엔에서 조사관으로 일했지만 몬스터가 창궐하고 나서부터는 생존 전문가들과 함께 실버 나이프에서 아공간에 대한 조사를 전담하게 되었다.

유엔은 현재 전 세계적으로 가장 문제가 되는 것이 바로 아공간이라고 판단하였고, 그를 실버 나이프 아공간 연구소로 보내어 그곳들을 자세히 조사하도록 조치한 것이다.

덕분에 그는 이제 몬스터에 대한 것이라면 사소한 것 하나까지도 꿰고 있을 정도로 해박한 지식을 갖게 되었다.

털털털털.

한국군 제24보병 사단에서 지원 받은 수륙양용 장갑차에 오른 제롬은 자신을 따라온 아공간 전문가 이사벨 커스턴트에게 물었다.

"피곤하지 않아요?"

"괜찮아요. 죽을지도 모르는 사지로 들어가는데 오히려 정신이 번쩍 들지 않겠어요?"

"후후, 그런가요?"

이사벨은 이 방면에 대해선 완전 베테랑인 제롬에게 지금의 심경에 대해 물었다.

"그러는 조사관님은 두렵지 않으세요?"

"하암, 두렵긴 하죠."

하품 섞인 대답을 내뱉는 제롬을 바라보며 이사벨이 고개를 절레절레 흔들었다.

"…당신은 기계가 분명해요."

"하하, 어째서요?"

"이렇게 몬스터가 들끓는 곳에서 하품이나 하는 사람이 있다니, 정상은 아니잖아요?"

그는 실소를 흘리며 말했다.

"나 같은 사람이 정상이 아니라고요?"

"그래요. 당신은 분명……."

그녀가 말을 이어가는데 제롬과 함께 한국으로 파견된 실버 나이프 수렵 전문가들이 단체로 하품을 쩍쩍 해댔다.

"흐아아아암!"

"…졸려. 난기류 때문에 잠을 못 잤더니 피곤해 죽겠군."

"가는 동안 조금 자자고."

수렵 전문가들은 아무렇지도 않다는 듯 기지개를 켜는가 하면 초원의 사자처럼 대수롭지 않게 하품을 해댔다.

그녀는 표정을 와락 일그러뜨렸다.

"이렇게 느긋해 빠져서 무슨 생존을 하겠다는 건지……. 아공간 앞에서 이렇게 대놓고 여유를 부려도 되는 건가요?"

"아직 상황이 발생한 것도 아닌데 뭘 그렇게 심각하게 반응하십니까?"

"제가 볼 때엔 이 조사는 제대로 이뤄질 리가 없어요."

"어째서 그렇죠?"

"이 세상천지에 이렇게 축 늘어진 채로 싸울 수 있는 군대는 없어요. 물론 당신들은 정규군이 아니라서 군기가 빠졌다는 것은 알아요. 하지만 그래도 이건……."

그들은 그녀를 귀엽다는 듯이 쳐다보았다.

"대장님, 저런 깜찍한 박사님은 어디서 데리고 오셨습니까?"

"글쎄. 데려와 보니 깜찍하군. 저 나이에 깜찍할 것이라곤 상상조차 하지 못했는데 말이야."

"뭐예요?"

"하하하하!"

그녀를 놀리는 데 재미가 붙은 그들에게 장갑차 운전수의 목소리가 들렸다.

"자자, 그만 떠들고 일할 준비부터 하자고."

"알겠다."

제롬은 그녀에게 자동권총 한 자루를 건넸다.

"받아요. 사용 방법은 알죠?"

"권, 권총?"

"당신 말처럼 저 안에선 무슨 일이 일어날지 아무도 모릅니다. 정글보다 훨씬 위험한 곳이 바로 아공간 출몰 지역이니까요. 그러니 자신을 스스로 지킬 무기 하나쯤은 가지고 있어야 합니다."

그녀는 권총을 받곤 긴장된 표정으로 방아쇠에 손을 걸었다.

그러자 제롬이 손가락을 서서히 빼주었다.

"위급한 상황이 아니면 절대로 방아쇠에 손가락을 가져다 대지 말아요."

"아, 네."

제롬은 권총의 손잡이만 꽉 쥐고 있는 그녀에게 물었다.

"진짜 쏠 줄 알아요?"

"바, 방아쇠를 당기면 나가는 것 아닌가요?"

그는 덜덜 떨고 있는 그녀의 권총 방아쇠 바로 위에 달린 안전장치를 안전에서 사격으로 바꾸어주었다.

딸깍!

그러곤 노리쇠를 앞뒤로 움직여 탄알을 장전시켜 주었다.

철컥!

"이젠 나갑니다."

"아, 아아……."

"어지간하면 몬스터는 저 친구들이 알아서 처리할 것이니 쏠 일은 기의 없을 겁니다. 그렇지만 쏘는 방법쯤은 숙지해 두라고요."

"아, 알겠어요."

그는 이사벨에게 방탄모를 건넸다.

"자, 써요. 개중에는 저격을 하는 몬스터도 있어요. 잘못하면 머리가 날아가니까 이것을 반드시 착용해요. 답답하다고 벗지 말고."

"네, 네."

그들의 앞에 펼쳐진 광경은 도저히 장갑차가 들어갈 수 없는 울퉁불퉁한 산악 지역이었다.

계곡과 계곡이 만나 협곡을 이룬 작전지역은 한눈에 보기에도 상당히 위험해 보였다.

하지만 조사를 위해선 이런 위험쯤은 감수해야 할 필요가 있었다.

"자, 그럼 지금부터 조사를 시작하도록 하지."

"갑시다."

무전기를 귀에 연결한 그는 이사벨의 귀에도 이어마이크를 연결시켜 주었다.

"저들이 가라고 신호하면 움직이고 멈추라면 멈춰야 해요. 알겠어요?"

"네, 네."

"그리고 안전하다고 생각될 때까진 큰 소리도 내면 안 됩니다."

"네."

"자, 그럼 출발합시다."

제롬이 출발 신호를 내리자 15명의 수렵 전문가들이 사주경계를 펼치며 이사벨과 제롬을 동그랗게 감쌌다.

저벅저벅!

어제부터 비가 내려 바닥이 축축하기 때문에 발걸음이 꽤나 무겁게 느껴졌다.

제롬은 아주 천천히 몸을 낮추고 이동하다가 불현듯 발걸음을 멈추었다.

―정지!

선두에 서 있던 두 명의 전문가가 무언가를 발견하고 제롬에게 보고하였다.

―대장, 전방에 뭔가 있는 것 같은데?

"뭔가 있다니?"

―직접 눈으로 확인하시길.

그는 대원들에게 그녀를 맡겨놓고 선두 열로 이동하였다.

그러자 협곡을 타고 이동하고 있는 초대형 뱀과 몬스터가 보인다.

스르르르륵!

"바질리스크!"

"엄청난 개체입니다. 저 정도 크기면 최소한 중형급 이상의 아공간에서 태어나 진화했겠지요."

바질리스크는 뱀과 몬스터 중에서도 거의 최상급으로 손꼽히는 몬스터로 산악 지형 파멸의 고리인 한국에서조차 단 두 번밖에 발견되지 않은 희귀종이었다.

그런 만큼 바질리스크에 대한 데이터가 그리 많지는 않지만 저놈이 어떤 패턴으로 공격하고 어떤 방식으로 먹이를 잡아먹는지는 잘 알려져 있었다.

길이 45미터의 거대한 코브라 형태의 바질리스크는 믿을 수 없을 정도로 빠를 뿐만 아니라 눈에서 석화를 일으키는 일종의 광선을 쏘아 보낸다.

더군다나 피부에 닿는 것만으로도 즉사하는 지독한 맹독을 가지고 있기 때문에 일반적인 수렵으론 잡을 수가 없었다.

제롬은 저놈이 어디로 가고 있든 간에 숨을 죽이는 것이 상책이라고 판단했다.

"…우회하자고. 바질리스크가 살고 있다는 것은 생각보다 심각한 문제야. 이미 우리의 손을 떠난 것이라고."

"그럼 어디를 통해서 우회할까요?"

"어디든 상관이 없으니 바질리스크의 동선과 겹치지 않도록 짜자고."

"예, 알겠습니다."

그는 전문가들을 모아 일정을 새로 조율하기로 했다.

제2장

새로운 방문자

　진천 민영화 고속도로 외곽 하이패스 충북 지부에 거대한 진동이 울렸다.

　쿠그그그그!

　잠시 후, 하이패스 충북 지사의 건물이 폭파되면서 한 무리의 사냥꾼들이 튀어나왔다.

　콰앙!

　"쿨럭쿨럭!"

　카미엘과 발록 용병단은 자신들의 뒤를 쫓는 그림자를 바라보았다.

"허억, 허억! 저 새끼, 도대체 정체가 뭐야?! 다리가 잘려도 멀쩡히 잘 돌아다니잖아?!"

"…악바리도 저런 악바리가 없군."

용병단은 큐브형 몬스터 내부에서 가까스로 탈출하긴 했지만 카룬의 추격을 피할 수 있는 길은 없었다.

파밧!

카룬은 일행의 머리 바로 위에 아공간을 열어 거대한 바윗덩어리를 소환하였다.

순간, 일행이 아연실색하며 신형을 뒤로 물렸다.

"허, 허억!"

"피해요!"

용병단은 실버 나이프의 연구진을 데리고 가까스로 바윗덩어리의 추락 지점에서 벗어났다.

쿠우우웅!

카미엘은 발록의 영혼을 이용하여 큐브를 파괴하긴 했지만 공간의 제약이 없는 카룬을 직접 상대하는 것은 역부족이었다.

발록은 카미엘에게 결정적 한 방을 준비하도록 종용하였다.

─이대로 시간이 조금만 더 흘러도 네놈은 죽을 수밖에 없다. 뭔가 특단의 조치를 취해야 해.

"젠장."

만약 카미엘이 예전의 그 심장을 회복하여 9서클 마스터의 힘을 얻게 된다면 몰라도 지금 이 상태론 결코 이길 수가 없을 것이다.

그나마 발록이 이만큼 선방했기에 망정이지 그렇지 않았다면 지금쯤 일행은 벌써 진멸하고도 남았을 것이 분명했다.

또 다른 방법에 대해 강구해 보는 카미엘이지만 카룬은 그런 그의 고민을 가만히 지켜봐 줄 정도로 여유로운 사람이 아니었다.

"하다못해 굼벵이도 구르는 재주가 있다고 하던데, 네놈은 구르는 재주도 없는 모양이로구나! 그런 쓰레기 같은 인생을 내가 끝내주마!"

"이런 빌어먹을!"

잠시 후, 카미엘의 발아래로 거대한 물줄기가 뿜어져 나오기 시작했다.

쿠그그그!

콰앙!

바닥을 뚫고 나온 물줄기는 지열을 한껏 머금어 살짝 닿는 것만으로도 화상을 입을 정도로 뜨거웠다.

만약 제때 물줄기를 피하지 못한다면 분명 뼈와 살이 분리되어 죽을 것이다.

가까스로 물줄기를 피해내긴 했으나 문제는 카미엘을 제외한 나머지 일행이었다.

카미엘은 더 이상 동료들과 함께 싸우는 것은 불가능하다고 판단하였다.

"모두 탱크와 장갑차로 들어가! 어서!"

"하지만……!"

"그 안에서 나를 엄호해 주고 스스로의 안전에 신경 써! 잘못하면 우린 다 전멸하고 만다!"

"그렇지만 대장은……?"

"난 괜찮다. 이 한 몸 지키는 것은 어렵지 않아."

그는 망설이는 동료들에게 외쳤다.

"어서 들어가! 이러다가 죽으면 개죽음이다!"

"제기랄!"

일행은 카미엘의 지시에 따라 탱크와 장갑차를 향해 전력 질주 하기 시작했다.

그러자 카룬이 그들의 발목 아래로 물줄기를 소환하였다.

"흥! 어림도 없는 소리!"

"…이 새끼, 그만 좀 까불어라!"

카미엘은 발록을 다시 영혼석 안으로 귀환시키고 풍마 아스트룩스를 소환하였다.

휘이이이잉!

영혼석에 갇혀 있던 아스트룩스가 현신하면서 카룬의 발바닥 아래에서부터 회오리바람을 만들어냈다.

좌락!

아주 얇은 회오리바람이지만 압축된 공기가 한 방에 분사된 것이기 때문에 총알보다 몇십 배는 강력했다.

그 탓에 카룬의 신형이 뒤로 살짝 밀려났다.

"쳇, 다리가 잘려서 움직이기가 힘들군."

"그냥 그대로 움직이지 않는 것도 하나의 방법인데 말이야."

"후후, 다급하긴 한 모양이군. 천하의 카미엘이 개소리를 지껄이는 것을 보니 말이야."

카미엘은 희미한 아스트룩스의 신형을 바라보며 생각에 잠겼다.

'잘해봐야 마법 한두 방이 끝이다. 아무리 아스트룩스가 마력 소모가 적은 최상급 몬스터라고 해도 더 이상은 무리야.'

잠시 행동을 멈춘 카미엘에게 발록이 말했다.

―그렇게 가만히 서 있다간 꼼짝없이 죽고 말 것이다. 설마하니 이 자리에서 개죽음을 당해 나와 같은 처지가 되고 싶은 것은 아니겠지?

"……."

끝까지 생각에 잠겨 있던 카미엘의 뇌리로 번뜩이는 아이디어가 하나 스친다.

'잠깐, 그러고 보니 아공간은 마이너스 에너지로 똘똘 뭉쳐 있는 곳이지?'

—이론적으론 그렇지. 하지만 그 속은 아무도 몰라. 아공간을 자유자재로 다루는 저 카룬이라는 자식이라면 몰라도.

　'어찌 되었든 간에 마이너스 에너지로 이뤄진 것은 확실해. 그렇다면 저곳이 열림과 동시에 영혼 수집기를 켜면 강력한 영혼이 빨려 나올 가능성이 있지 않을까?'

　—하지만 잘못했다간 네 심장이 아작 날 수도 있어. 만약 잘못해서 네놈보다 강력한 영혼이 안착하게 되면 어쩌려고?

　'도박이지, 뭐. 내가 죽든 저놈이 죽든.'

　발록은 실소를 흘렸다.

　—홋, 재미있는 놈이로군.

　'자, 그럼 영혼 수집기를 작동시킬 준비를 하라고.'

　—만약 죽는다면 육신의 그릇을 벗고 제대로 한번 붙어보자. 누가 이기는지.

　'네놈 마음대로 해라.'

　잠시 후, 카룬이 또다시 공격을 이어나갔다.

　"이변은 없다. 네놈의 시신을 조각내어 몬스터들의 먹이로 줄 것이다."

　"닥치고 덤벼라!"

　"그래, 어디 언제까지 버티나 한번 두고 보자!"

　이윽고 카룬은 카미엘의 머리 위로 아공간을 열어 거대한 바위들을 떨어뜨리려 하였다.

쿠그그그그!

아공간을 넘어 바위가 떨어지려는 그 찰나의 순간, 발록이 영혼 수집기를 작동시켰다.

'지금이다!'

우우우우웅!

재빠르게 돌아가는 영혼 수집기의 주변으로 강력한 마이너스 에너지가 몰려들기 시작했다.

그리고 그 마이너스 에너지가 영혼 수집기 내부의 영혼 억제기로 한 영혼이 들어왔다.

끼이이이잉!

순간, 카미엘과 발록은 동시에 짧은 신음을 토해냈다.

"으-으윽!"

―…이런 제기랄, 영혼이 너무 강력하다! 잘못하면 억제기가 깨져 버리겠어!

통제기의 영력 게이지가 빨간색으로 이뤄진 0.01%로 바뀌었다.

'상위 0.01%?!'

―이 정도면 세상에 존재하는 모든 생명체 중에서 가장 강력하다고 볼 수 있다. 아니, 어쩌면 육신의 그릇을 벗었을지도 몰라.

'그런 일이 가능하단 말이야?'

─…네놈, 억제기를 만들 때 이런 생각을 한 번도 해보지 않은 것이냐?

제아무리 카미엘이 강력한 마력을 가졌다고 해도 상위 0.01%의 영혼을 소환해 본 적은 한 번도 없었다.

대륙 최강의 마검사이자 마도제국의 초대 황제인 케이시스가 상위 0.1%의 영혼이던 것을 생각한다면 지금 이 방문자는 어쩌면 인간이 아닐지도 모른다.

그는 설마하니 케이시스보다 더한 영혼이 수집될 것이라곤 상상해 본 적이 없었다.

'젠장, 이젠 나도 끝인가?'

통제기가 깨지는 날엔 그것이 심장과 연결된 카미엘도 함께 죽는다는 소리다.

카미엘은 자신이 죽을지도 모른다는 생각이 들자 가장 먼저 손자 손녀의 얼굴부터 떠올랐다.

'아델, 아린!'

바로 그때였다.

스스스스스!

순식간에 영혼이 억제기에 자리를 잡아 안정적으로 영기를 공급하기 시작했다.

발록은 카미엘에게 영혼 억제기에서 나온 마력을 추출하여 마나의 형태로 변환시켜 공급해 주었다.

그러자 카미엘의 마력이 눈 깜짝할 사이에 회복되어 제정신으로 돌아올 수 있게 되었다.

"후우, 이제 좀 살 것 같군."

카미엘은 발록 블레이드를 뽑아 휘둘렀다.

부웅!

아무런 생각도 없이 검을 휘두른 카미엘이었으나, 그는 자신이 결코 생각지도 못한 결과와 마주하게 되었다.

끼기기기기긱, 콰앙!

검붉은색의 검기가 무려 108번 길을 바꾸어 날아가 카룬의 아공간을 후려치더니 이내 핏빛 용으로 변신하여 그것을 단 한 방에 파괴시켜 버린 것이다.

쿠그그극, 쾅!

크아아아아아앙!

"요, 용?!"

─…억제기 안에 있는 이놈, 도대체 정체가 뭐야?

카미엘과 발록이 깜짝 놀라고 있는 사이, 카룬의 아공간이 깨지면서 그의 육신도 서서히 무너져 내렸다.

쩌저저적!

"쿨럭쿨럭!"

검붉은 피를 쭉쭉 뱉어내던 카룬이 이내 광소를 쏟아내며 죽어버렸다.

푸하아악!

"크허어억! 크하하하! 지금은 내가 이렇게 죽지만 결코 끝날 때까지 끝난 것이 아니다! 명심해라!"

마지막으로 피죽이 되어 사라져 버린 카룬을 바라보며 카미엘은 그 자리에 털썩 주저앉아 버렸다.

"…끄, 끝난 건가?"

―지독한 놈이로군. 네놈 이후로 저렇게 악질인 녀석은 처음이다.

"칭찬, 고맙군."

카미엘은 비틀거리는 걸음으로 장갑차로 향했다.

*   *   *

대한민국 국회에 긴급 소집이 벌어졌다.

현재 제주자치도의 몬스터 창궐에 대하여 파병을 결정할지, 아니면 추이를 지켜볼지에 대한 회의가 열린 것이다.

우선 오늘의 회의에선 가장 먼저 이슈가 되었던 일본 시위대의 한국 전경 폭행 사건을 다루게 될 예정이다.

회의에 들어가기 전, 예성탁은 당내의 측근들과 함께 이 사건에 대해 논의하였다.

예성탁은 깊은 한숨을 토해내며 말문을 열었다.

"휴우, 일이 꼬여 버렸군요. 하필이면 사람을 잡아 폭행해서 중태에 빠뜨리다니요. 이 정도면 감방에서 몇 년을 썩을지 몰라요. 중죄라고요."

"일본 사법부에선 뭐라고 합니까?"

"일단 시위대를 잡아서 조사를 벌이고 있는 중인데, 중태에 빠뜨린 사람을 찾는 일이 쉽지 않다고 합니다."

"범인을 찾기가 힘들다고요?"

"청년단 몇몇이 이 일을 저질렀다고 제보하긴 했습니다만 몽타주가 확보되지 않아서 말입니다."

"흠……."

현재 한국의 여론이 일본과의 외교 관계를 배척하는 쪽으로 돌아섰기 때문에 어지간하면 한일 해저터널은 성사되기 힘들 것이다.

하지만 예성탁 의원은 어떻게 해서든 이번 일을 성사시키는 쪽으로 가닥을 잡아나갔다.

"어찌 되었든 간에 그 용의자들을 잡아서 법의 심판대에 세워야 합니다. 만약 그렇지 못하면 한일 관계는 더 이상 돌이킬 수 없는 강을 건너게 될 겁니다."

"그렇긴 합니다만, 그놈들을 잡아 족친다고 일이 수월해지겠습니까?"

"일단 할 수 있는 모든 것을 해봐야지요. 안 그렇습니까?"

"뭐, 그건 그렇지만……."

"힘을 냅시다. 국익 증진이 달린 문제입니다. 우리가 힘을 내지 않으면 누가 힘을 내겠습니까?"

"예, 알겠습니다."

처음엔 그저 몬스터 몇 마리 잡으면 될 줄 알았던 예성탁이다.

하지만 일이 생각보다 더 심각하게 꼬여 버렸으니 돌파구를 찾기가 쉽지 않을 것으로 보였다.

'카와구치 의원이 울상이 되었겠군.'

예성탁과 의원들이 국회의사당으로 들어서자, 김진태와 그 측근들이 미리 모여 대화를 나누고 있다.

그는 김진태에게 다가가 악수를 청했다.

"이게 누구십니까? 우리 공사다망한 김 의원님 아니십니까?"

"예 의원님, 또 보는군요."

예성탁은 김진태에게 해저터널 반대에 대한 의중을 물었다.

"듣자 하니 해저터널 건립 반대를 종용한 것이 김 의원님 쪽이라고 하던데, 왜 그러셨습니까?"

"왜 그러긴요. 뉴스도 안 보십니까? 지금 대학생들이 아주 난리가 났습니다. 하다못해 자국에서 전경을 폭행하여 중태에 빠뜨려도 논란이 될 판인데 일본이라뇨. 이게 지금 독도 문제까지 얽혀서 아주 복잡하게 되었습니다."

"…그렇다고 국가와 국가 간의 문제를 이런 식으로 뒤집어엎어요?"

"그럼 어쩝니까? 예 의원님께서 국민의 민심을 수습해 보시지요. 이게 지금 눈 가리고 아웅 한다고 될 문제가 아닙니다. 예전처럼 언론 플레이 좀 한다고 해서 국민들의 화가 가라앉을 것 같습니까? 이제는 그런 물러 터진 행동으론 민심을 잡을 수 없어요. 조금 더 진실에 가까워져 가야 하는 겁니다."

예성탁은 속으로 욕지거리를 씹어뱉었다.

'…말은 잘하지. 매번 국익을 외치는 사람이 뒤에서 호박씨란 호박씨는 다 까면서 말이야.'

그는 속으로 욕을 꿀꺽 삼키고 말했다.

"뭐, 우리도 국론이 어떻게 흘러가는지 정도는 잘 압니다. 하지만 이대로 한일 해저터널이 좌절되면 우리는 더 이상 일본과의 관계가 원활하지 않을 겁니다."

김진태는 예성탁의 말을 더 이상 받아주지 않았다.

"일단 급한 것은 그 문제가 아닙니다. 지금 제주도 문제부터 해결해야 할 것 아닙니까?"

"그야 그렇지요."

"그 문제는 다수결로 결정하도록 하시죠."

잠시 후, 회의가 시작된다는 방송이 들려왔다.

—국회 긴급회의가 열릴 예정입니다. 의원님들께서는 신속히

착석해 주십시오. 3분 후에 회의 시작하겠습니다.

국회의장 조성학은 전원 모두 참석한 회의의 시작을 알렸다.

"그럼 지금부터 긴급회의를 시작하겠습니다. 며칠 전 벌어진 제주도에서의 사건으로 인해 한일 해저터널을 폐기하자는 국론이 모여들고 있습니다. 우리 국회는 이 문제를 제주도 남부 몬스터 창궐 사건과 함께 다룰 예정입니다."

조성학은 국회의원들에게 의견을 물었다.

"사안이 급한 만큼 다수결로 결정하겠습니다. 한일 해저터널 프로젝트의 폐기를 찬성하시는 분은 손을 들어주십시오."

원래는 투표로 사안을 결정지어야 하겠으나, 사안이 워낙 시급한 만큼 거수로 모든 것을 결정하게 되었다.

예성탁은 거수가 진행되자 목청을 높여 소리쳤다.

"잠깐!"

"예성탁 의원님, 무슨 일이시죠?"

"의제가 잘못된 것 같습니다!"

"그게 무슨 말씀이십니까?"

"폐기의 찬성과 반대가 아니라 폐기, 혹은 유보 아닙니까?"

"유보라……."

여당 의원들이 그에게 비난의 포문을 열려는 찰나, 김진태가 먼저 선수를 쳤다.

"하긴, 그게 맞는 수순 아니겠습니까?"

"아아, 여당에서도 그렇게 생각하십니까?"

"아직 여당 내 국론을 다 모은 것은 아닙니다만, 대체적으로 그렇게 생각하는 것 같습니다."

김진태의 한마디에 여당 의원들이 불편한 신음을 내뱉었다.

"크흠!"

"험험!"

그러나 국회의사당에 모여든 기자들은 물론이고 외신들까지 생각하면 유보에서 절충하는 것이 옳은 판단일 것이다.

결국 의제는 바뀌어 다시 다수결이 진행되었다.

"좋습니다. 그럼 여, 야의 의견을 받아들여 찬성, 혹은 유보로 의제를 바꾸겠습니다. 유보가 옳다고 판단되는 의원님들, 혹은 지역구는 손을 들어주십시오."

여당은 그런대로 국론이 모아져 유보로 뜻이 통일되었으나, 야당은 아직까지 국론이 모아지지 않은 상태였다.

재야인사 몇몇이 여당 쪽으로 흘러가는 바람에 프로젝트는 유보로 굳어졌다.

"좋습니다. 그럼 과반수가 넘었음으로 프로젝트는 일단 유보하는 것으로 결정되었습니다."

탕탕탕!

국회의장봉을 세 번 두드리면서 결국 프로젝트는 언제 부활할지 모르는 수렁에 빠져들었다.

국회 긴급회의가 벌써 두 시간째 진행 중이다.

오늘의 의제인 제주도 병력 파견에서 의견이 갈리다 보니 회의가 자꾸 길어지고 있었던 것이다.

파병에 대한 의견이 자꾸 갈리는 것은 중국과 미국 사이에 끼어버린 한국의 샌드위치 외교 때문이었다.

미국은 북한의 핵폭탄 도발에 대비한다는 뜻에서 고고도미사일방어체계를 수립함과 동시에 제주도에 미 함대 기지를 건설함으로써 항공모함이 즉각 출동할 수 있도록 체계를 굳히려 하고 있었다.

이것을 막기 위한 방책으로 중국이 제주도에 물량 공세를 퍼붓게 되는데, 유커들이 제주도 상업 지구의 지분에 막대한 자금을 투자하게 된 것이다.

한국은 대략 5년간 제주도의 해외 자본 유치에 열을 올리던 시절이 있었다.

이 시절에 법이 대거 개정되어 제주도에 외국인 투자자가 돈을 쓰기 편해진 것이다.

미국은 이 시기를 노려 미사일 기지와 함대사령부 부지를 대거 사들일 계획을 수립했다.

하지만 중국의 거대 자본 역습으로 유커들이 제주도 부동산 외국인 지분을 모조리 사들였다.

이로써 미국이 구입하기로 한 함대 기지 부지가 중국에게 넘어갔고, 고고도미사일방어체계에 대한 사안은 경제 보이콧으로 대항하였다.

또한 대 중국 무역이 무려 25%나 하향되었고, 방송, 영화, 게임에서 쏟아져 들어오던 중국계 자본이 거의 전무하다시피 끊어져 버렸다.

이런 상황이니 한국은 중국과 미국 사이에서 외줄 타기 외교를 벌일 수밖에 없었다.

가뜩이나 각종 정책의 실패로 인해 경제 침체에 대한 돌파구를 잃은 한국은 고육지책을 발의하면서 일부 국론 몰이를 피해 나갔다.

그것이 바로 제주자치도의 무장 세력 상륙 불가 법안이었다.

이 법안의 개요는 제주도 제11군단을 제외한 그 어떤 병력도 제주도에 상륙하려면 국회의 동의를 얻어야 한다는 것이었다.

이로 인하여 미국은 물론이요 중국까지 제주도에 병력을 넣어 대치할 수 없게 된 것이다. 물론 미국의 반발이 만만치 않았으나 동맹은 동맹이고 실리는 실리라는 것이 한국의 입장이었다.

그러나 중국이 법안의 통과로 인해 토지를 대거 상환하고 한국이 미국에게 임시 부지를 내어주면서 아주 미세하게 기지 건설의 여지를 남겼다.

제주도 무장 세력 상륙 반대 법안이 발의되면서 미국과 한국은 재협상에 들어갔고, 그로 인해 미국과의 관계가 살짝 풀어졌다.

그런 상황에서 한국이 갑자기 법안을 바꾸어 파병을 하게 되면 한미 관계가 상당히 어색해질 것이다.

여당은 그런 이유로 파병을 유보시키기를 원했고, 야당은 제주도의 수호를 위해선 그 어떠한 위험도 감수해야 한다는 입장이었다.

예성탁과 김진태는 벌써 두 시간째 장군, 멍군을 거듭하고 있었다.

"제주도에 병력을 급파하여 나라를 살린다고 칩시다. 그 이후엔? 그 이후에 우리가 미국과의 협상에서 잃을 카드가 몇 장인지 아십니까?"

"그렇다고 제주도를 버리자는 겁니까?"

"누가 제주도를 버리자고 했습니까? 일단 미국과 중국 해군과 공조하여 연합군을 구성하고 순차적으로 포격을 가하자는 얘기 아닙니까?"

"그 소리는 지금 한국을 미, 중 군사 무기 실험장으로 만들자는 것과 뭐가 다릅니까?"

"…그게 왜 그렇게 흘러갑니까?"

"제가 듣기론 그렇습니다. 아니, 다른 의원님들도 그렇게 생각하실 겁니다."

결국 이 문제는 외교로 인해 복잡해져 있으니 어지간해선 풀리기 힘들다는 것이 정설이었다.

국회의장은 일단 회의를 중단시키기로 했다.

"자자, 그만 앉으세요. 지금 우리가 이런다고 해서 달라지는 것은 없습니다. 회의를 잠시 쉬었다가 30분 후에 재개하도록 하겠습니다."

탕탕탕!

의장봉이 다시 경쾌한 소리를 내자 의원들은 삼삼오오 모여 다시 회의를 시작하였다.

예성탁은 신속한 문제 해결을 주장하는 것이 결코 쉽지 않다는 것을 느꼈다.

"…이러다가 제주도가 몬스터들에게 밀려 버리면 어쩝니까?"

"일단 11군단이 있으니 아주 초토화가 되는 일은 없을 겁니다."

"만약 11군단이 밀려 버리면? 그럼 어쩝니까?"

"뭐, 그때는 끔찍한 일이 벌어지겠지요. 하지만 11군단은 수도 방위 사령부 다음으로 병력이 많습니다. 해군 두 개 전단과 공군 전투비행대대 두 개까지 주둔 중에 있으니 유사시엔 적절한 대처가 가능할 것으로 보입니다."

"하지만 그래도……."

예성탁은 하필이면 중국과 미국의 힘 싸움이 끼어버린 이 시점에서 사태가 터진 것이 문제라고 생각했다.

'판이 어렵게 돌아간다. 이대로라면 일본과의 단절이 지속될 거야. 이래서야 동북아시아 왕따와 뭐가 다르단 말이야?'

심각한 표정의 예성탁에게 그나마 반가운 소식이 들려왔다.

"의원님, 방금 전에 민영화 고속도로에서 소식이 전해졌습니다. 현장을 완벽히 정리했답니다."

"오오, 그래?!"

"마지막이 조금 힘들긴 했습니다만, 이제 현장만 수습하면 마무리될 것이랍니다."

"그나마 다행이군. 그곳이라도 마무리가 되어서 다행이야."

만약 지금 이 상황에서 민영화 고속도로마저 몬스터에게 빼앗겼다면 그가 설 자리는 없었을지도 모른다.

그는 다시 한 번 힘을 내보기로 했다.

"아무튼 우리가 제주도로의 파병을 반드시 통과시켜야 합니다."

"알겠습니다."

예성탁은 다시 길고 긴 싸움에 돌입했다.

*　　　　*　　　　*

제주도 남부에 비가 내리고 있다.

쏴아아아!

아침나절부터 조금씩 내리던 비가 점점 굵어지면서 서서히 폭우로 돌변하고 있었다.

실버 나이프 조사단은 이제는 시계를 구분하기도 힘든 이곳의 상황을 타개하는 데 가장 좋은 방법이 무엇인지 고민해 보았다.

"일단 비가 그칠 때까지 동굴에서 대기하였다가 떠나는 것이 어때요?"

"뭐, 좋습니다."

제롬은 작전 사령부로 무전을 보냈다.

치이이익!

하지만 비가 너무 많이 와서 그런지 무전이 제대로 잡히지 않았다.

그는 난감한 표정을 지었다.

"…이상하군요. 광대역 무전기가 안 터질 리가 없는데?"

"기상 악화로 인해 무전이 터지지 않는 것은 자주 있는 일이 아닌 모양이죠?"

"가끔 그럴 때가 있긴 합니다만, 요즘같이 무전 기술이 좋아진 시대에 폭우 때문에 무전이 터지지 않는 것은 확실히 드문 일이긴 합니다."

"으음……."

제롬은 어떻게 해서든 비를 피할 곳을 찾지 않으면 대원들의 체력이 더욱 빨리 고갈될 것이라고 판단하였다.

앞으로 얼마나 더 이곳에 머물러야 할지 알 수도 없는 상황에서 비를 맞아 체력이 고갈되면 난감하기 이를 데 없을 것이니 시간이 조금 걸리더라도 동굴을 찾는 것이 급선무였다.

제롬은 지도를 펼쳐 이곳에서 가장 가까운 동굴의 위치를 파악하였다.

"전방 400m 앞에 동굴이 있어요. 그곳에서 쉬었다가 출발하도록 합시다."

"하지만 그곳까지 가는 데 시간이 꽤 걸릴 것 같은데요?"

"그래도 별수 없습니다. 지금 이 근방에선 적당한 동굴을 찾기가 힘들어요."

"그렇다면 어쩔 수 없지요."

그녀가 다시 배낭을 메고 출발 준비를 하려는데 수렵 전문가들이 갑자기 자세를 낮추었다.

사각!

"…쉿! 조용히!"

"뭐, 뭐예요?"

"전방에 뭔가 있어요. 조금만 기다려 봐요."

수색을 맡은 두 사람이 앞으로 살금살금 걸어가 방금 전에 소리가 난 지역을 살며시 넘어보았다.

순간 그들의 눈이 휘둥그레졌다.

"이런 제기랄!"

"…어서 뒤로 도망쳐요! 빨리!"

이사벨이 채 의구심을 품기도 전에 수색대원들은 일행을 이끌고 후방으로 도망치기 시작하였다.

하지만 그들이 몇 발자국 채 도망가지 못해서 수풀 속에 들어 있던 그 무언가가 불쑥 모습을 드러냈다.

끼헤에에엑!

"모, 목도리도마뱀?!"

"그렇다고 하기엔 너무 크지 않아요?! 어서 달려요!"

목도리도마뱀처럼 목덜미에 촉수로 된 부채를 매달고 다니는 이 몬스터의 이름은 '포이즌 테이커'였다.

포이즌 테이커는 부채꼴로 생긴 촉수에서 산성 물질을 뿜어내는 도마뱀과의 몬스터인데, 그 몸집이 기본 5미터부터 시작하는 대형 몬스터이다.

그나마 이들의 앞에 있는 포이즌 테이커가 아직 다 자라지 않아서 길이가 4미터에 불과하지만 그래도 산성 물질의 위력은 건재했다.

놈은 거대한 네 발을 내저으며 빠르게 달려왔다.

키헤에에엑!

타악!

포이즌 테이커가 내뱉은 산성 물질이 후방에서 달리던 대원의 팔뚝을 스치고 지나갔다.

치이이익!

"크으으으윽!"

"어서 옷을 찢어버려!"

그는 정신없이 달리는 와중에도 대검을 꺼내 전투복의 어깨선을 잘라내어 산성 물질을 떼어냈다.

그러자 그의 팔에 대략 3㎝가량 살이 파인 자국이 보인다.

"제기랄!"

"…잘못하면 죽겠는데요?!"

"그러니 쉬지 말고 달려요! 쓸데없이 뒤를 돌아보거나 눈을 감는 행위는 하지 말아요! 그냥 달리기만 하면 됩니다!"

"아, 알겠어요!"

그나마 포이즌 테이커의 발에는 퇴화가 되다 만 물갈퀴가 달려 있기 때문에 걸음걸이는 생각보다 느린 편이었다.

만약 포이즌 테이커가 이대로 조금만 더 성장했다면 일행은 벌써 사망하고 말았을지도 모른다.

하지만 놈은 모두가 생각지도 못한 방법으로 공격을 펼쳤다.

끼헤에엑!

목덜미 촉수에 가려져 잘 보이지 않았지만 놈의 등에는 한

쌍의 날개가 달려 있었다.

붕붕붕!

비록 새처럼 날아다니는 것은 불가능했으나 마치 닭처럼 공중으로 꽤 높이 뛰어오르는 것은 가능했다.

파다다닥!

"허, 허어억! 저, 저게 뭐야?!"

"포이즌 테이커가 진화를 했나?!"

"젠장! 다들 피해!"

놈은 일행을 향해 거대한 꼬리를 종으로 휘둘렀다.

부웅!

재빨리 꼬리 공격을 피하긴 했지만 아주 아슬아슬하게 헬멧을 스치고 지나갔다.

빠악!

"꺄아아악!"

"머리는 안 맞았어요! 그러니 소리 지르지 말아요!"

"아, 알겠어요."

가까스로 공격을 피해내고 나니 놈이 중심을 잃고 저 멀리 나가떨어졌다.

쉬익, 콰앙!

끼에헥?!

"중심을 잃은 모양이다! 지금이 기회야!"

팀의 저격수를 맡고 있는 제이미가 재빨리 초대형 마취총에 탄환을 장전하여 사격하였다.

타앙!

그러자 놈의 목덜미에 약이 꽂히면서 빠르게 마취가 진행되었다.

키헥? 케헤에에.

쓰러진 그 자리에 누워서 발버둥 칠 뿐 놈은 자리에서 일어나지 못했다.

이것은 기회였다.

"이젠 반대로 달려요!"

"하, 하지만 저 안에는 뭐가 있는지 모르잖아요?!"

"지금쯤이면 전방에서 몬스터들이 이 소리를 듣고 하나둘 몰려오고 있을 겁니다! 그럴 바엔 차라리 동굴을 찾아서 달리는 편이 나아요!"

"…미치겠네! 괜히 위험지역에 왔나?!"

"그만 말하고 달려요! 빨리!"

일행은 지도에 표기된 구역을 향해 미친 듯이 달렸다.

*　　　　　*　　　　　*

작전을 끝내고 강원도 삼척으로 돌아가는 길, 카미엘은 동료들과 클론에 대해 토론하는 중이다.

"그놈, 이번에도 클론일까?"

"모르지. 저번에 내가 그놈을 죽였을 때에도 사람을 죽인 것과 똑같은 상황이었거든."

박사들은 카룬이 전 세계 곳곳에서 벌이고 있는 아공간 사태에 대해서 설명하였다.

"아까 그놈이 만약 파란색 돌의 주인이라면 아마 클론이 맞을 겁니다. 동시다발적으로 일어난 사건이 한두 개가 아니거든요."

"흠……."

"방금 전에 들어온 소식에 의하면 제주도 남부에 몬스터가 창궐했다고 하더군요. 어쩌면 이 사태도 그놈이 조장한 것인지도 몰라요."

"제주 남부가 아예 점령당한 겁니까?"

"아마도요. 지금 그곳은 통제구역으로서 한일 지하터널의 부지로 선정되었다가 취소되었어요. 몬스터 때문에 준공을 폐기시켜 버린 것이지요."

"만약 그것이 사실이라면 조사를 해볼 필요가 있겠는데요?"

"안 그래도 조사단이 그곳으로 파견되어 있는 상태입니다."

이제 모든 인원이 실버 나이프에 가입된 발록 용병단이기 때문에 그에 대한 정보를 들을 수 있었다.

"방금 그곳으로 조사를 떠난 조사단원들에게 연락이 왔대요. 듣자 하니 상황 지역에 바질리스크가 서식하고 있다는 것 같더라고요."

"…바질리스크는 중형급 이상의 아공간에서 튀어나올 텐데요?"

"맞아요. 지금껏 파멸의 고리 내에서도 몇 번밖에 발견된 사례가 없어요. 한마디로 희귀종이라는 뜻이죠."

라미아가 바질리스크로 자라나기 위해선 엄청난 양의 에너지가 필요하고 자연 상태에선 거의 상급에서도 1~2위를 다툴 정도이다.

그 때문에 바질리스크 자체는 자연 상태에서 찾아보기 힘든 희귀종이라고 할 수 있었다.

하지만 만약 뱀과 몬스터가 바질리스크로 진화할 수 있는 여건만 충분하다면 개체가 늘어나도 이상할 것은 없었다.

또한 그렇게 하여 태어난 바질리스크는 거의 완벽에 가까운 몬스터가 되었다고 볼 수도 있었다.

몬스터는 우수한 개체들이 하위 개체들과 싸워서 승리를 쟁취하여 진화하기 때문에 상급 몬스터만 해도 실로 대단한 성취라고 볼 수 있다.

그리고 이것은 바질리스크의 유전자 정보가 아공간에 공유되어 새롭고 더 강력한 뱀과 몬스터를 만들어낼 수 있는 가능성을 시사하는 일이기도 했다.

아공간의 성장이 무서운 이유가 바로 이것에 있다고 볼 수 있었다. 그래서 아공간의 성장 전에 적당한 선에서 저지하는 것이 중요하다고 역설되는 것이다.

"현재 11군단이 제주에 주둔 중입니다. 병력 규모가 전군 두 번째이지요. 하지만 아직까지 공격 명령이 떨어지지 않아서 24보병 사단 단독으로 전선만 형성하고 있는 형국입니다."

"으음, 그렇게 시간이 조금만 더 지체된다면 분명 더더욱 엄청난 놈들이 태어나게 될 텐데요? 한국 정부는 왜 타격을 감행하지 않는 겁니까?"

"국회에서의 논의가 마무리되지 않았다고 하는 것 같더군요. 다른 지역으로의 군사 파견은 군통수권자의 재량이지만 제주자치도의 경우엔 조금 다릅니다. 타국의 이해관계가 얽혀 있기 때문이죠. 또한 그곳으로 본국의 군부대를 대거 투입하자면 국회의 동의가 있어야 합니다. 법적으로 그래요. 그래서 이토록 시일이 오래 걸리는 것이지요."

카미엘은 고개를 절레절레 흔들었다.

"이것 참, 자국의 일에 왜 타국의 눈치를 보는지 모르겠군요."

"더러워도 그게 정치인 것을 어쩝니까?"

"허어."

"아무튼 이렇게 지지부진하다간 제주도 전체가 쑥대밭이 될

지도 몰라요."

"그걸 알기 때문에 유엔에서 실버 나이프를 파견한 겁니다. 하지만 과연 그 대처가 얼마나 효과가 있을지는 의문이네요."

"홈……."

"아무튼 이번 건수에 대한 의뢰비는 두둑하게 나올 겁니다. 그러니 각자 집으로 돌아가서 푹 쉬면 됩니다."

이제 카미엘은 오랜만에 손자들을 품에 안게 생겼지만 그 뒷맛이 썩 깔끔하지는 않았다.

*   *   *

늦은 밤, 카미엘은 집으로 돌아온 억제기 안의 인물과 대화를 나눌 수 있었다.

억제기 안의 인물은 상당히 특이한 사람이었다.

─꼭 그렇게 다리를 꼬고 앉아 있어야 하나? 그냥 양반다리를 하고 앉으면 될 것을.

─…일자무식, 모르면 그냥 주둥이 닥치고 있어라. 그럼 중간이라도 가지.

─뭐라?

가부좌라고 불리는 이 좌식은 카미엘이나 발록으로선 도저히 이해할 수 없는 자세였다.

도대체 왜 항상 골반이 뒤틀릴 것 같은 기이한 자세로 앉아 있는 것인지, 카미엘은 그가 상당한 괴짜라고 생각했다.

"혹시 요가나 기체조 같은 것으로 명상하는 부류의 사람인가? 그런 거야?"

─…그건 또 무슨 개 똥구멍에 붙은 건더기 같은 소리야? 내가 그런 미치광이로 보이나?

"약간."

카미엘은 자신을 천하랑이라고 소개한 인물에게 물었다.

"뭐, 가부좌인지 뭔지는 그렇다 치고… 그 엄청난 마법은 도대체 뭐였나?"

─마법?

"붉은색 용 말이야. 태어나 그런 마법이 있다는 소리는 처음 들어보는데?"

천하랑은 고개를 저었다.

─음, 뭔가 단단히 착각한 모양인데… 난 마법인지 뭔지 하는 그 해괴망측한 것이 뭔지 잘 몰라. 살아 있던 시절, 그 누구도 나의 무력을 뛰어넘을 수 없는 무림지존이었을 뿐이다.

─무림은 뭐고 지존은 또 뭐야?

─…무식하긴. 무림을 지배하는 본좌, 바로 이 천하랑 님을 말하는 것이지.

카미엘은 고개를 내저었다.

"아무튼 그쪽이 하는 얘기는 당최 알아들을 수가 없군. 우리가 살아온 세상과 너무나 달라서 말이야."

─그래, 그럴 수도 있겠지. 지금껏 쭉 보고 있자니 이곳은 내가 살아온 세상과는 상당히 다른 것 같거든.

"흐음……"

─내가 사용한 무공이 어떤 것인지 궁금하다고 했나?

"그렇다."

─좋아, 그렇다면 내가 설명해 주지.

천하랑은 자신의 머릿속에 있는 지식을 카미엘에게 전수해 주기 시작했다.

─무공, 다시 말하자면 무력을 사용하는 데 가장 최적화된 공식과 같은 것이다. 가장 보편적으로 많이 사용되는 공격 수단은 검이고 권을 쓰거나 각을 쓰는 경우도 있고 기타 다른 병기를 쓰는 경우도 있다.

"검법이나 무술과 같은 건가?"

─그렇지. 그 모든 것이 무공에 속한다고 보면 된다.

카미엘은 그의 짤막한 설명에 놀라지 않을 수 없었다.

"하지만 무술을 익혔다고 해서 그 빨간색 용과 같은 엄청난 것을 만들어낼 수 있다고?"

─훗, 그렇다면 네놈이 사용하는 그 마법이라는 해괴망측한 술법은 뭔데? 이렇게 나의 영혼까지 수집해서 억제기에 넣어둔

것이 정상이라고 생각되나?

"내가 살던 곳에선……."

―정상이었겠지. 나 역시 마찬가지다. 내가 살던 곳에선 이런 무공이 판을 쳤다고. 나는 그런 무림인 중에서도 단연 으뜸이었고.

"거참, 신기할 따름이군."

―세상은 요지경이다. 내세가 끝나면 그저 무로 돌아가는 줄 알았더니 이런 신세계가 다 있잖아? 똥밭에서 굴러도 이승이 낫다는 소리가 있다. 하지만 그것은 어쩌면 육신이 있고 없고의 차이일 뿐이야. 내 주관적으론 죽은 것도 썩 나쁘지는 않은 것 같아. 지금 이대로라면 말이지.

발록이 죽은 상태의 지금이 나쁘지 않다는 천하랑에게 물었다.

―미친놈, 그렇다면 그 억제기 안에서 평생을 살아도 좋다는 소리야?

―어차피 통제기의 주인이 평생 살아가면서 죽을 때까지 세상 구경을 시켜줄 텐데 이만하면 괜찮은 것 아닌가?

―…괴짜가 확실해.

―괴짜가 아니라 낭만이 넘치는 무인이다. 말은 바로 하자.

천하랑은 카미엘에게 억제기 안에서 평생을 살아가겠다고 선언했다.

―아까도 느꼈다시피 내가 이곳에 있어서 네놈들에게 해가 될 것은 없다고 생각한다. 그렇지 않나?

"으음, 그건 그렇지. 하지만 억제기 안에 갇혀서 살아가게 되면 미칠 수도 있어."

―미칠 것이 뭐 있겠나? 세상 구경이나 하면서 사는 것이 내 평생의 소원이었는데.

카미엘로선 천하랑이 계속 이곳에 남아준다면 전혀 나쁠 것이 없었다.

0.01%의 영혼을 얻는 것은 평생 동안 단 한 번 찾아올까 말까 하는 기회인 데다 능력이 필요하다면 보조 억제기를 만들면 그만이니 걱정할 필요가 없었다.

이전과는 다르게 이제는 마나 서클이 점점 회복세로 돌아서고 있었기 때문이다.

그는 천하랑의 영원한 체류를 약속하였다.

"좋아, 이변이 생기지 않는 한 계속해서 이곳에 머물러도 좋다."

―진심인가? 나중에 딴말하면······.

"남아일언중천금이다."

―훗, 잘 생각했군. 역시 억제기의 주인이 아주 골통은 아니라 다행이야.

천하랑이 억제기 안에 머무는 것은 카미엘로선 환영이었지만 발록은 자신보다 강력한 영혼이 머문다는 것에 상당한 부담을 느끼고 있었다.

─쩝, 이제는 카미엘로도 모자라 저런 괴물과 함께 살아야 한다니.

─괴물이 나를 괴물이라 표현하니 기분이 더럽군. 앞으로 그런 발언은 삼갔으면 한다.

─…시끄러워. 내가 네놈을 뭐라고 부르든 그건 내 마음이다.

─미친 소리.

아무래도 두 사람의 성향이 통하자면 시일이 꽤 걸릴 것 같다.

                    *   *   *

이른 아침, 카미엘이 명상에 잠겨 있다.

"후우……."

정신이 가장 맑을 때를 이용하여 명상을 하면 평소엔 잘 보이지 않던 것들이 보이곤 한다.

한참 동안 명상에 잠겨 있던 카미엘에게 천하랑이 물었다.

─심장은 어쩌다 다친 것인가?

"너처럼 아공간을 넘어서 이곳으로 오다가 다쳤다."

─원래는 아주 고강한 힘을 지닌 사람이로군.

"과거가 화려하지 않던 사람도 있나?"

─뭐, 그렇긴 하지. 하지만 네놈은 충분히 과거로 돌아갈 수 있는 조건을 갖추고 있다.

"…그게 무슨 소리인가?"

─무림인들은 내공을 다스려 힘을 발현시키지만 그것이 꼭 사람을 죽이는 것만은 아니야. 내공으로 사람을 살리는 경우도 있다. 당연한 소리지만 그것을 사용하는 본인 스스로도 혜택을 볼 수가 있지.

순간, 카미엘이 고개를 갸웃거리며 물었다.

"하지만 나는 무공이라는 것 자체를 모른다. 그런데 어째서 조건을 갖추고 있다는 소리야?"

─멍청한……. 저번에 내 무공은 누가 사용한 건가?

그제야 카미엘은 무릎을 쳤다.

"아아, 그렇지! 네놈의 능력을 내가 사용할 수 있으니……."

─그것을 가지고 내상을 치료할 수 있다는 소리다. 더군다나 마나 서클이라는 것이 단전과 비슷해서 그것을 세 개로 나누어 운용하기만 한다면 충분히 좋은 결과를 얻을 것이라고 생각한다.

"마나 서클을 세 개로 나눈다?"

─그러니까 마나인지 뭔지가 모이는 그릇을 하나에서 세 개로 늘려주는 것이지. 그럼 주된 통로가 백회혈로 바뀌고 하단전

이 망가진 심장을 고쳐주기 때문에 심장의 부담이 덜어지고 치료 속도는 가속되어 금세 병에서 나을 수 있는 거야.

"하지만 마나의 그릇을 나누는 것은 이제까지 단 한 번도 시도되지 않던 방법이다. 그게 가능할지 알 수도 없고."

—이 세상에 확실한 것은 없어. 사람은 누구나 죽는다는 것뿐.

카미엘은 무겁게 웃었다.

"…후후, 죽었다고 죽음을 너무 쉽게 생각하는 것 아니야?"

—생과 사는 생각보다 간단하다. 아마 네놈들도 그것을 잘 알 텐데?

"간단하지는 않지만 가볍지도 않지."

—간단하다고 했지 가볍다곤 말하지 않았다.

천하랑은 카미엘에게 선택지를 주었다.

—강요하지는 않겠다. 네 몸이지 내 몸은 아니니까.

"흠……."

—하지만 지금 그 상태론 그저 자연의 진기로 심장을 일시적으로 되돌리는 것뿐, 근본적인 치료는 할 수가 없다. 아마 평생 그 상태로 살아가야 하겠지.

카미엘은 고개를 끄덕였다.

"좋아, 한번 해보지. 설마하니 죽기야 하겠어?"

—죽는 일 같았으면 애초에 말을 꺼내지도 않았겠지.

천하랑은 내일 아침 다시 해가 뜰 때를 기약했다.

―그럼 내일 아침에 다시 얘기하지. 오늘은 이미 해가 높이 떠올라서 시기가 좋지 않아. 기왕이면 자연의 진기가 가장 진할 때 해보는 것이 좋지 않겠나?

"그게 좋다면 그렇게 하고."

―좋아, 내일 아침부터 시작하도록 하지.

카미엘은 뜻밖의 재활 치료를 시작하게 되었다.

*　　　　*　　　　*

다음 날 새벽, 카미엘은 일찍부터 자리에서 일어나 마당으로 나왔다.

그는 억제기 안의 힘을 개방시켜 그 능력을 자신이 사용할 수 있도록 하였다.

카미엘은 자신의 마력을 내가진기로 사용할 수 있도록 마나 서클을 천하랑에게 내어주었다.

천하랑은 카미엘의 심장에서부터 하나하나 길을 뚫기로 했다.

―가부좌를 틀고 머리를 비워라. 이제부터 내가 혈도를 뚫을 테니 넌 그곳을 따라서 심장 안의 마나를 운용하기만 하면 된다. 알겠나?

"잘 알겠다."

—또한 벌모세수가 끝날 때까지 움직이거나 말을 하면 죽는다. 명심해.

"물론."

몇 번이나 재차 다짐을 받아낸 천하랑은 카미엘의 혈도를 하나하나 뚫어나가기 시작했다.

가장 먼저 심장에서 구미, 거궐, 유문에 이르는 혈자리 중간에 있는 세세한 혈도 55곳을 뚫어내자마자 마나가 아래로 급격하게 쏠려 나갔다.

쏴아아아아!

막혀 있던 혈도가 뚫리자 오히려 심장에 갇혀 있던 마나가 봇물 터지듯이 쏟아져 나오면서 불순물이 혈액과 함께 녹아 사라져 버렸다.

카미엘은 순간적으로 심장이 상당히 가벼워짐을 느꼈다.

'대단하군. 이런 방법이 있었다니.'

—쉿, 집중해라.

천하랑은 기문, 량문, 기해를 잇는 150개의 혈도를 찾아 기를 운용하고 그곳을 막고 있는 딱딱한 담석을 제거하였다.

스스스스, 콰앙!

그러자 기의 흐름이 더욱 빨라져 혈도가 점점 확장되기 시작했다.

혈도는 조금씩 단단해져서 확장되었던 그릇이 고스란히 딱딱하게 굳었다.

이제 이곳을 통하여 저절로 마력이 흘러내려 서로 소통이 되어갈 것이다.

천하랑은 이제 기해에서 하단전까지 이어지는 51개의 혈도를 뚫고 그 아래에 작은 그릇을 형성시켰다.

─이곳이 호흡의 끝자락임과 동시에 시작이다. 앞으로는 폐가 아니라 하단전을 통하여 호흡하는 법을 몸에 익힐 수 있도록.

'잘 알겠다.'

카미엘은 만들어진 하단전을 사용하여 한껏 숨을 머금어보았다.

"흐읍!"

그러자 자연 상태의 진기가 마구 쏟아져 들어와 하단전을 빵빵하게 배불려 나갔다.

부우우욱!

하단전은 순식간에 부풀어 올라 카미엘의 아랫배를 묵직하게 만들더니 이내 진기를 작은 구슬 형태로 만들었다.

─이제 절반쯤 됐다. 구슬이 하나, 둘, 셋, 넷, 다섯, 여섯. 무려 여섯 개나 쌓였군.

'구슬이 쌓이면 좋은 건가?'

─구슬 하나에 인간이 60년 동안 수련해야 쌓을 수 있는 내공이 담겨 있다. 그러니 구슬 여섯 개는 360년을 수련해야 얻을 수 있는 양이라는 소리지.

'내 나이와 얼추 비슷한 것 같은데?'

─그렇다면 그동안 네가 노력해서 얻은 것들이 이제는 빛을 발하게 되었다는 것이다.

'후후, 역시 노력은 배신을 하지 않는 법이지.'

천하랑은 한창 기쁨에 젖어 있는 그에게 찬물을 확 끼얹는 소리를 했다.

─미안하지만 이제부터가 진짜다. 백회혈은 자연과 네놈을 이어주는 가장 궁극적인 기관이다. 이곳이 타통되지 않으면 평생 반쪽짜리 무공만으로 살아가야 한다. 또한 어쩌면 하단전이 상단전의 일까지 도맡아서 하게 되었을 때 부작용도 생길 것이고.

'그렇군. 그렇다면 지금부터가 진짜라는 소리겠지?'

─물론이다.

그는 카미엘에게 신신당부하였다.

─많이 고통스럽다. 그냥 고통스러운 것이 아니라 머리를 누군가 생으로 잘라내는 것 같은 느낌이다. 그것을 참아내야만 나을 수 있어. 내 말이 무슨 말인지 잘 알겠지?

'당연하지.'

─좋아, 그럼 시작한다!

천하랑은 선기, 천용, 거료에 이르는 혈자리 200개를 한꺼번에 뚫어버렸다.

쿠르르르릉, 콰앙!

그러자 카미엘의 머리가 한차례 진동을 일으키며 엄청난 고통이 밀려왔다.

'으, 으으으윽!'

─소리를 내어선 안 된다! 그럼 주화입마에 빠져 안 하는 것보다 못하게 될 거야!

'알겠다. 참아볼게.'

머리를 드릴로 마구 뚫는 느낌이 드는 가운데 조금 더 강력한 압박이 시작되었다.

대영, 청궁, 규음, 통천을 지나 백회로 가는 길목에 있는 51개의 혈도가 그동안 쌓여 있던 탁기를 내뱉기 위해 한껏 부풀어 올랐다.

부우우욱!

'허, 허억! 머리가……?!'

─괜찮다. 백회혈이 뚫리면 모든 것이 다 해결된다!

천하랑은 카미엘의 머리가 터지기 직전까지 혈도를 부풀렸다가 한 방에 백회혈을 타격하였다.

─간다!

끼이이이잉, 까앙!

날카로운 압박이 느껴지면서 카미엘의 뇌리에 닿아 있던 뼈가 한 방에 열려 버렸다.

콰앙!

'끄아아아아윽!'

입도 제대로 열지 못한 채 괴로워하는 카미엘의 귀에서 새까만 고름이 흘러나왔다.

엄청난 악취를 동반한 고름은 걸쭉하고 미끌미끌해서 목을 타고 자꾸만 아래로 흘러 티셔츠를 적셨다.

—이 정도 양의 탁기라면 상당히 괴로웠을 텐데, 잘 참았다.

'이제 말을 해도 되는 건가?'

—물론이지.

카미엘이 새롭게 얻은 호흡기관을 통하여 숨을 들이쉬자, 저번보다 훨씬 더 거대한 기운이 뇌를 뚫고 들어왔다.

솨아아아아!

"흐음, 좋군!"

—됐다. 이제 백회혈을 뚫은 거야.

"어쩐지 날아갈 것 같은……."

바로 그때, 카미엘의 몸이 갈라지더니 이내 붉은빛에 휩싸여 마치 불에 타는 사람처럼 변해 버렸다.

하지만 정작 그 안에 들어가 있는 카미엘은 너무나도 편안해서 눈을 감았다.

그러자 그의 몸이 새롭게 변화하여 이전의 껍데기를 벗게 되었다.

이제 카미엘은 어린아이와 같은 피부에 굵고 건강한 머리카락을 가진 청년으로 거듭나게 되었다.

그와 동시에 카미엘이 가지고 있던 망가진 심장 역시 환골탈태하여 새로운 심장으로 다시 태어났다.

한마디로 카미엘의 병이 한꺼번에 나은 것이다.

"시, 심장이……!"

—나았으니 나를 데리고 다녀도 손해를 보는 장사는 아니겠지?

"…눈을 뜨고도 믿기지가 않는군."

—어떤가, 이 본좌의 가르침을 받은 느낌이?

카미엘은 그의 능력을 인정하지 않을 수가 없었다.

"대단하다. 정말이지……."

—훗, 뭘 이 정도 가지고.

이제 카미엘은 진짜 제2의 인생을 시작하게 된 것이다.

*   *   *

어둠이 내린 정글 안, 조사단은 벌써 몇 시간째 달렸는지 기억도 잘 나지 않았다.

잔뜩 흥분한 몬스터들이 떼로 몰려들다 보니 도저히 걸음을 멈출 수가 없었던 것이다.

그나마 지금은 좁은 협곡을 지나 몬스터가 자생하기 힘든 계곡으로 들어왔기에 겨우 한숨 돌릴 수 있었다.

만약 이곳을 찾지 못했다면 일행은 벌써 흔적도 없이 사라져 이승과 하직했을 것이다.

이사벨은 피딱지가 앉은 온몸을 계곡물에 닦으며 눈물을 훔쳤다.

"흑흑……."

숨죽여 울고 있는 그녀에게 다가온 제롬이 손수건을 건넸다.

"많이 힘들었습니까?"

"조, 조금……."

원래 위험지역이라는 곳이 다 그렇습니다. 이곳보다 더 심각한 상황도 많았습니다. 그나마 이곳은 우리가 몸을 피할 곳이라도 있지 않습니까?"

"…참, 위로를 정말 못하시네요."

"나름대로는 잘했다고 생각했는데, 미안하게 되었습니다."

그녀는 실소를 흘렸다.

"훗, 덕분에 웃네요."

"그래요. 아무리 절망적인 상황이라고 해도 최대한 긍정적으로 생각하면 답이 나오게 되어 있습니다. 이 세상에 답이 정해지지 않은 문제는 없으니까요."

"…답이 정해지지 않은 문제는 없다. 괜찮은 이론이네요."

"저는 어려서부터 그렇게 생각해 왔어요. 지금은 가족들이 집에서 기다리고 있으니 내가 죽는다는 생각을 아예 하지 않으려고 노력합니다."

"그렇군요."

"반드시 답은 있습니다. 그러니 좌절하지 말고 정답을 찾기 위해서 노력하세요."

"고마워요."

"별말씀을."

제롬은 상처를 물로 깨끗이 씻어낸 그녀에게 일회용 수건을 건넸다.

"이것으로 상처를 닦아요. 동료들에게 돌아가면 약을 발라주고 반창고를 붙여줄 겁니다. 조만간 다시 출발해야 하니 준비를 철저히 하세요."

"알겠어요."

이 협곡을 지나 100미터만 가면 목표한 동굴이 나오니 휴식을 취한다고 해도 상처를 치료할 정도만 쉬고 출발하는 것이 좋을 것이다.

제롬을 시작으로 팀의 모든 인원이 상처를 씻어내고 응급처

치를 한 이후 출발 준비를 했다.

"거의 다 왔어. 이제 조금만 더 달리면 될 거야."

"그나저나 저 동굴 안에는 아무것도 들어 있지 않을까?"

"그렇게 믿어야지."

"만약 아니라면?"

"곧장 퇴각이다. 동굴에 갇히면 답도 없거든."

수색 팀은 그에게 한 가지 제안을 했다.

"그럼 우리 수색 팀이 먼저 동굴을 탐사하고 돌아오는 것이 어떨까?"

"두 사람만?"

"비록 무전이 안 되긴 하는데 그렇다고 모두 다 한꺼번에 들어가서 개죽음을 당하는 것보다는 낫지 않겠어?"

"흐음……."

"그렇게 하자. 스나이플 한 자루, 돌격 소총 한 자루를 들고 다녀올게. 어지간하면 사고 치지 않고 돌아오는 쪽으로 할 테니 걱정하지 말고."

제롬은 어쩔 수 없이 고개를 끄덕였다.

"그래, 그럼 그렇게 하자."

"대장은 이곳에서 우리가 나쁜 소식을 가지고 되돌아왔을 때를 대비해 줘. 당장 퇴로를 찾지 못하면 죽을 수도 있으니까."

"알겠다. 이곳에서 대기하고 있을게."

수색 팀이 출발하려는데 이사벨이 그들을 잡았다.

"자, 잠깐만요!"

"……?"

"이건 그냥 미신인데……."

그녀는 자신의 목에 걸고 있는 십자가 목걸이를 두 사람에게 건넸다.

"이것이라도 가지고 가요."

"이게 뭡니까?"

"일종의 부적이라고 할까요? 세례를 받을 때부터 제 목에 걸려 있었대요. 십자가 뒤에 사람을 지켜주는 구절이 적혀 있어요."

두 사람은 실소를 흘렸다.

"후후, 이런다고 죽을 사람이 안 죽을까요?"

"그래도 안 가지고 가는 것보다는 낫지 않을까요? 피그말리온 효과라는 것도 있고."

그들은 기쁜 마음으로 목걸이를 받았다.

"좋아요. 이 목걸이, 반드시 가지고 돌아올게요."

"그래요."

수색대는 베이스캠프를 출발하여 동굴로 향했다.

*　　　　*　　　　*

수색대는 출발한 지 두 시간 만에 돌아왔다.

그들은 동굴에서 사격으로 잡은 새끼 몬스터의 시신을 가지고 왔다.

"자잘한 개체들이 좀 많아서 우리가 정리했어."

"이놈들은 뱀과 몬스터들이 아닌데요?"

수색대가 잡아온 몬스터는 몸에 털이 복슬복슬하게 난 개과 몬스터와 고양이과 몬스터였다.

하지만 일반적인 몬스터가 아니고 조사관 제롬도 처음 보는 몬스터였다.

"자네들은 이 몬스터들에 대해서 알아?"

"아니, 우리도 몰라. 태어나서 이런 몬스터는 처음 보거든."

"흠……."

"아무튼 이제는 결정해야 해. 그곳으로 가서 몬스터를 모두 정리하고 동굴을 점령하든지, 아니면 이곳에서 퇴로를 찾아가든지."

제롬은 현재 네 곳의 퇴로 후보를 찾아두었지만 언제 몬스터의 습격이 있을지는 미지수였다.

그렇기 때문에 최소한 비가 그치고 해가 뜰 때까지 기다리는 것이 마땅한 처사일 것이다.

그는 대원들의 의중을 물었다.

"난 그곳에서 몸을 덥히는 것이 옳다고 생각한다. 자네들의 생각은?"

"우리도 마찬가지야. 이곳에서 조금만 더 버티고 있다간 저체 온증이 올지도 몰라."

현재 대한민국의 절기는 겨울이기 때문에 아무리 따뜻한 제 주도 지방이라고 해도 영하를 밑돌고 있다.

그나마 기온이 약간 높은 편이긴 하지만 겨울바람이 꽤 매서워서 어지간한 사람은 맨몸으로 돌아다니지도 못할 정도였다.

특히나 눈도 아니고 비가 억수같이 내린 상황이기 때문에 이곳에서의 농성은 자칫 잘못하면 죽음을 불러올 수도 있었다.

제롬은 자신과 팀원들의 의견을 반영하여 동굴로 이동하는 방법을 선택했다.

"그럼 그곳으로 가서 몬스터를 정리하는 쪽으로 가닥을 잡지."

"알겠어."

"단, 그곳에서 소음이 발생하면 몬스터들이 또 몰려들 테니 최대한 기도비닉을 유지할 수 있도록."

대원들은 그의 말이 끝나기가 무섭게 군장을 챙겨서 출발 준비를 서둘렀다.

제아무리 혹독한 훈련을 받은 그들이라고 하지만 몸과 마음

모두 지독하게 피곤해져서 도저히 버틸 힘이 없었던 것이다.

"조금만 힘내자. 고지가 바로 앞이야."

"오케이!"

수색 팀의 인도하에 조사단은 목표 지점으로 이동하였다.

제3장

초상

이른 아침, 카미엘이 고물상을 찾았다.

딸랑딸랑!

지금 제주도에 몬스터가 창궐해 있기는 하지만 작전이 중개되지 않는 한 카미엘과는 상관없는 일이다.

그는 꽤 오랜만에 집에서 푹 쉬면서 재정비를 해볼 생각이다.

카미엘은 미소를 지은 채 고물상의 종을 울렸다.

딸랑딸랑!

그러나 묵묵부답이다.

"주무시나?"

고물상 주인 정 노인은 다른 것은 몰라도 귀는 엄청나게 밝아서 이렇게 작은 종소리만으로도 사람이 왔다는 것을 알았다.

하지만 오늘따라 입구에 매달린 종소리를 듣고도 그의 기척이 없었다.

카미엘은 고개를 갸웃거렸다.

"이상하군. 원래 이 정도 흔들었으면 나오셔야 정상인데?"

그는 혹시나 하는 마음에 정 노인이 기거하는 고물상 뒤편 개조 한옥으로 들어가 보았다.

헥헥!

평소 카미엘이 자주 보던 흑구가 그를 맞이해 주었다.

그런데 흑구의 밥그릇에는 도대체 언제 먹이를 준 것인지 모를 정도로 오래된 찌꺼기만 남아 있었다.

녀석은 딱딱하게 굳어서 떨어지지도 않는 사료를 혀로 핥으며 허기를 달래고 있었다.

카미엘은 옆구리에 뼈가 훤히 드러날 정도로 말라 버린 흑구를 바라보며 아연실색하였다.

"흐, 흑구야! 왜 이렇게 말랐어?"

끼이잉.

그는 재빨리 창고를 뒤져 밀봉되어 있는 개 사료를 뜯어 밥그릇을 채우고 그 안에 물도 부어주었다.

그러자 흑구가 마치 걸신이라도 들린 양 마구 사료를 먹어치우기 시작했다.

와구와구, 쩝쩝!

"도대체 며칠을 굶은 거야?"

흑구는 한참 동안이나 사료를 먹고 나서야 생기를 되찾았다.

왈왈!

"그동안 짖을 힘도 없어서 그렇게 축 늘어져 있던 것이로구나. 거참, 어르신께선 도대체 어디에 계신 거지?"

카미엘은 곧장 대청마루로 다가가 소리쳤다.

"어르신! 어르신!"

그가 아무리 목청껏 불러도 정 노인은 도무지 대답을 할 기미를 보이지 않았다.

카미엘은 불안함이 엄습하여 곧장 안방으로 달려갔다.

"어르신!"

잠시 후 카미엘은 정 노인이 평소 누워서 TV를 보거나 장기를 두는 방문을 열었다.

드르르륵!

그러자 방 안에서 지독한 술 냄새와 함께 음식물 찌꺼기 냄새가 밀려왔다.

"…악취?"

카미엘은 술병을 손에 쥔 채 누워 있는 정 노인을 발견하곤 그를 깨웠다.

"어르신! 어르신!"

정 노인은 그제야 부스스 눈을 뜨며 카미엘을 바라보았다.

"으으음. 어라? 둥이네 왔는가?"

"어르신, 지금 해가 중천에 떴습니다. 더군다나 흑구가 며칠째 밥을 못 먹어서 비쩍 말랐고요."

그는 카미엘에게 날짜를 물었다.

"오, 오늘이 며칠인가?"

"27일입니다."

"세, 세상에! 내가 일주일 내내 이곳에 틀어박혀 술을 퍼마신 건가?!"

"일주일이요?"

정 노인은 어색하게 웃으며 말했다.

"허, 허허, 내 정신 좀 보게. 아내의 기일이라고 일주일 동안 술을 퍼마셨지 뭔가?"

"아이고, 어르신! 어째서 그렇게 약주를 드신 겁니까? 잘못하면 흑구와 함께 초상을 치를 뻔했잖습니까?"

"뭐, 이제 와서 죽는다고 무서울 것도 없어. 사실 방금 전엔 이곳에서 저승사자를 보았거든. 요즘 자꾸 저승사자가 눈에 보이는 것이 아무래도 내가 죽을 때가 다 되었나 봐."

정 노인은 아내에 대한 그리움과 죽음에 대한 두려움으로 인해 자꾸만 술을 마신 것으로 보였다.

그러나 정 노인의 표정엔 삶에 대한 애착은 전혀 없는 것 같았다.

"자네에게 이런 모습까지 보이다니, 나도 이젠 정말 바닥인가 봐."

"그런 말씀 마십시오. 이 동네에서 어르신보다 더 나은 얼리어답터가 또 있다면 나와보라고 하십시오. 어르신은 인터넷으로 장기도 두시지 않습니까?"

"그래, 내 또래 정도 된 노인네 중에선 내가 첨단 기기를 잘 다루긴 하지. 하지만 그것도 2차원이 아닌가? 3차원은 이 모양이 꼴이니……."

평소 인터넷에 대해 취미가 있던 정 노인은 컴퓨터로 지식도 얻고 가끔 게임도 즐기곤 했으나 그것이 말년의 외로움을 달래기엔 역부족이었다.

정 노인은 카미엘에게 술을 한잔 권했다.

"자네, 시내에서 한잔할 텐가? 깔끔하게 씻고 옷도 좀 갈아입고 제대로 마시고 싶어. 일주일 동안 누워만 있었더니 삭신이 다 쑤시는군. 가는 김에 국밥도 좀 먹고."

"그러시지요. 제가 모시겠습니다."

카미엘은 정 노인을 데리고 삼척 중앙시장으로 향했다.

*   *   *

오늘따라 깔끔하게 정장을 쫙 빼입은 정 노인은 중절모까지 멋지게 맞춰 쓰고 삼척 중앙시장을 찾았다.

중앙시장 상인들은 오랜만에 보는 정 노인의 멋진 모습에 감탄사를 흘리기도 하고 헛웃음을 치기도 했다.

"이야, 정 씨! 오늘따라 왜 이렇게 힘을 줬어?"

"그냥. 아내 기일이 지나고 나니 멋을 좀 부리고 싶더군."

"허허, 자네같이 인색한 자린고비가 멋을 다 부리다니, 이것 참 의외야."

"나도 사람일세. 멋을 부리고 싶은 욕심은 얼마든지 있다고."

카미엘은 정 노인의 뒤에 서서 그의 행보를 묵묵히 바라보고만 있었다.

정 노인은 그런 카미엘을 이끌고 시장통에서 소머리국밥을 가장 잘 말아서 파는 국밥집으로 들어갔다.

"오늘은 좀 거하게 먹어보자고."

"그러시지요."

그는 주인장에게 소머리수육과 전골, 국밥을 주문하였다.

"이봐, 여기에 소머리수육과 전골 하나씩 가져다줘. 소머리국밥도 두 그릇 말아주고."

"뭔 고기를 그렇게 많이 시켜요?"

"그냥. 오늘은 한잔 제대로 하고 싶어서. 손님도 별로 없는데 자네도 한잔하지?"

올해로 일흔이 된 국밥집 주인 이혜자는 흔쾌히 고개를 끄덕였다.

"뭐, 그럽시다. 오늘은 막걸리나 한잔하지, 뭐."

"그래. 오늘은 내가 사는 거니까 많이 먹어둬. 이런 날이 또 언제 오겠어?"

"호호, 그래요."

카미엘은 오늘따라 호탕하고 멋진 정 노인을 바라보며 평소와 다른 뭔가를 느꼈다.

그는 정 노인이 자신의 죽을 날을 준비하고 있다고 생각했다.

300년 넘게 살아온 카미엘이지만 죽음을 앞둔 노인의 앞에선 숙연해질 수밖에 없었다.

아무런 말 없이 무뚝뚝하게 앉아 있는 카미엘에게 정 노인이 채근하듯 말했다.

"자네도 참, 그렇게 죽을상을 하고 앉아 있으면 있던 식욕도 다 달아나겠네."

"아아, 죄송합니다. 제가 잠시 딴생각을 하고 있어서 말입니다."

"아무튼 한 잔 받게. 주인장이 우설하고 부속고기를 조금 주었으니 안주가 나올 때까지 이것으로 때우자고."

"예, 알겠습니다."

카미엘은 정 노인과 잔을 주고받으며 막걸리 한 사발을 뚝딱 비워냈다.

꿀꺽!

"크흐, 좋다!"

"역시 막걸리는 시장 막걸리가 최고야."

"그러게 말입니다. 막걸리를 따로 받아오는 곳이 있습니까?"

"정선 쪽에 아주 오래된 막걸리 양조장이 한 곳 있어. 이렇게 큼큼한 맛 없이 달짝지근하고 부드러운 막걸리는 양조장에서 갓 받아오지 않으면 먹을 수 없어. 그래서 내가 시장통에서 막걸리를 마시자고 매번 종용한 걸세."

"아아, 그런 깊은 뜻이……"

카미엘은 왜 하필이면 시장통에서 술을 마셔야 하는지 이해를 할 수 없었지만, 정 노인은 카미엘에게 좋은 술을 먹이고 싶어 시장을 고집했던 것이다.

잠시 후, 한 아름 탑을 쌓은 소머리수육과 전골, 국밥이 차례대로 상을 채워 나갔다.

국밥집 주인은 자리에 앉자마자 막걸리를 한 사발 쭉 들이켰다.

꿀꺽꿀꺽!

"이야, 좋구나!"

"허허, 자네도 이젠 정말 할망구가 다 되었구먼. 술 마시는 소리가 꽤 찰져."

"이게 다 누구 때문이죠. 한 20년 혼자 살았더니 저절로 할망구가 됩디다."

카미엘이 고개를 갸웃거렸다.

"누구 때문인데요?"

"누구긴 누구야? 정 씨 할아방탱이지."

그는 고개를 갸웃거렸지만 정 노인은 그녀가 무슨 소리를 하는지 진즉 알고 있었다.

"40년을 넘게 같이 산 사람이 죽었다고 어떻게 날름 재가를 하겠나? 안 그래?"

"쳇, 그럼 난 뭐 사별 안 했나? 누구는 남편을 끼고 있어서 재가 얘기를 했어요? 주변에선 재산도 많고 아직 쓸 만하다고 난리라고요."

"그럼 그때 가지 그랬나?"

"…시끄러워요."

카미엘은 두 사람 사이에 뭔가 풀지 못한 애증이 섞여 있다는 것을 알 수 있었다.

정 노인은 10년 전에 아내를 떠나보내고 지금까지 혼자 살았고, 이혜자는 그런 정 노인에게 호감을 느껴 슬쩍 재가 얘기를 꺼낸 것이다.

황혼에 찾아온 인연이기에 조심스럽던 정 노인이지만 이젠 정말 세월이 너무 많이 흘러 버렸다.

그는 씁쓸하게 웃었다.

"이제라도 좋은 할아범 찾아서 재가해. 자네 정도면 아직 괜찮잖아?"

"마음에도 없는 소리 하긴."

"정말일세."

술잔을 손에 쥔 이혜자의 눈동자가 어느새 촉촉하게 젖었다.

그녀는 정 노인이 평소에 잘 하지 않던 행동을 자꾸만 한다는 것이 무엇을 뜻하는지 너무나도 잘 알고 있는 것이다.

아마 황혼을 직접 맞이한 사람만이 느낄 수 있는 직감일 터였다.

"…그래서, 뒷정리는 어떻게 하시려고요?"

"뒷정리랄 것이 뭐 있겠나? 그냥 내 한 몸 누울 납골당 하나 있으면 그만이지."

"쯧, 그러게 젊어서 좀 즐기면서 살지 그러셨어요? 뼈가 빠져라 일해서 모은 재산이 있으면 뭐해? 만날 산골에 틀어박혀 고물이나 만지작거렸지, 제대로 돈을 써본 적도 없잖아요?"

"허허, 돈도 쓸 줄 아는 사람이 쓰는 것이지 나 같은 졸부가 무슨 돈을 쓸 줄 알겠나?"

정 노인의 재산은 동네에서도 알아줄 정도로 차고 넘쳤지만 알부자도 찾아오는 사람이 없으면 말짱 허사였다.

그나마 그 외로움을 잘 아는 이혜자만이 같이 의지하면서 살아가려는 꿈을 꾸었던 것이다.

재산으로 따진다면 정 노인에게 뒤지지 않는 이혜자이기 때문에 주변에선 두 사람이 결합한다면 천생연분일 것이라고 말하곤 했다.

그러나 정 노인은 끝내 아내를 잊지 못해서 지금까지 온 것이다.

"자식들은 찾아와요?"

"아니."

"그럼 재산은?"

"기부해야지."

"그래요. 찾아오는 사람도 없는 마당에 무슨 유산까지 생각하겠어요?"

정 노인이 카미엘을 바라보면서 물었다.

"이봐, 둥이네."

"예, 어르신."

"자네 혹시 내 대신 고물상을 운영해 볼 생각 없나?"

"고물상을 말입니까?"

"남들은 더럽다고 꺼리지만 자네는 꺼져 버린 물건에 생명을 불어넣는 법을 아는 사내야. 자네라면 내가 거저라도 주고 싶네."

카미엘은 고개를 저었다.

"고물상을 잇는 것은 좋습니다만, 거저 받는 것은 싫습니다."

"으음? 어째서?"

"재산을 기부하신다면서요? 그런데 고물상을 거저 받는다면 누군가는 그만큼 혜택을 못 받을 것 아닙니까?"

"허허, 그건 그렇지."

"정확히 시세를 따져서 파십시오. 그럼 아주 기쁜 마음으로 받겠습니다."

정 노인은 카미엘에게 절충안을 제시했다.

"좋아, 그렇다면 땅값과 기계값만 받고 팔겠네. 어차피 구옥은 돈을 받기 뭣하고 나머지 고물과 오래된 설비는 처치하는 것이 더 곤란하니 그냥 받아두게."

"으음……."

"이 정도면 자네도 불우이웃들에게 면이 서지 않겠나?"

카미엘은 고개를 끄덕였다.

"그럼 내일쯤 계약서를 쓰시죠."

"허허, 그러세."

"공인중개사는 김 씨 아저씨를 데리고 가겠습니다."

"그래주게. 그치에게도 조금의 도움을 줘야지. 매년 크리스마스엔 고아원을 찾아간다는데 복비로라도 보태줘야 하지 않겠나?"

"예, 어르신."

일사천리로 계약을 진행하는 정 노인을 바라보며 이혜자는 약간의 서운함을 느꼈다.

"주변을 정리하시는 것은 아주 빠르네요. 나는……"

"어차피 갈 것이라면 깔끔하게 가야 하지 않겠어?"

"…그래요."

막상 떠나는 이는 초연한데 떠나보내는 이들은 괴롭기만 하다.

아이러니, 아마도 죽음이라는 것은 이 세상에서 가장 모순적이면서도 아이러니한 것이 아닐까 생각하는 카미엘이다.

* * *

다음 날, 정 노인은 카미엘과의 계약을 위하여 부동산 공인중개사와 변호사까지 대동했다.

카미엘은 그런 정 노인에게 건넬 돈을 계좌이체로 보낼 준비를 마치고 계약에 임했다.

공인중개사는 소정의 수수료를 받고 두 사람의 계약을 성사시켰다.

"잔금은 오늘 당장 치르실 거죠?"

"예, 그렇습니다. 지금 폰뱅킹으로 이체시킬 겁니다. 어제 은

행에 가서 이체 한도를 무제한으로 해두었거든요."

"잘하셨어요. 그럼 제가 입금된 것을 확인하고 곧바로 등기를 이전해 드리지요."

"네, 알겠습니다."

카미엘이 폰뱅킹으로 계좌이체를 실시하자 공인중개사 김 씨는 아내에게 전화하여 공인중개사 사무소 이름으로 등기를 이전시킬 것을 지시하였다.

잠시 후, 등기가 이전되면서 계약이 완벽하게 마무리되었다.

이로써 고물상은 카미엘의 소유가 되었고, 정 노인은 남은 전 재산을 기부하고 죽겠노라 다짐하는 유언을 남겼다.

변호사는 그의 얼굴이 나오는 영상을 그 자리에서 촬영하였다.

삐빅.

캠코더에 녹화 준비 표시가 나오자 정 노인은 신호도 없이 유언을 녹화해 나갔다.

"나 정노식은 전 재산을 기부하고 죽을 것이며, 이것은 사후의 대리인인 변호사 김광식을 통하여 진행한다. 또한 내가 죽고 나면 생전에 지정한 상조회사에서 화장 절차를 거쳐 납골당에 안치시킬 것이다. 혹시라도 나의 호적에 올라 있는 자식들이 재산에 욕심을 낸다면 내 단언컨대 일찌감치 포기하는 것이 좋을 것이라고 말해둔다. 나의 재산은 철저한 관리 속에 불우이웃을

돕는 데 사용될 것이다. 그러니 단 한 푼도 물려주지 않을 것임을 알려둔다."

그는 캠코더로 녹화하는 현장에서 즉시 유서를 작성하고 추후에 공증 절차를 진행하는 모든 장면을 촬영하기로 했다.

정 노인은 카미엘에게 공증 현장까지 함께 가줄 것을 부탁했다.

"둥이네, 자네도 같이 가주겠나? 끝나고 막걸리나 한잔하지."

"알겠습니다."

그는 정 노인을 따라 법원으로 향했다.

그날 오후, 함께 유서를 작성한 사람들이 모두 시장통 소머리 국밥집에 모여들었다.

이들은 정 노인의 깔끔한 타계를 축하하는 의미에서 잔을 들었다.

"이제부터 내가 얼마나 더 살지는 몰라. 아직까지 병원에서도 이상이 없다고 말했고 말이야. 그렇지만 지금 정리를 해두는 편이 좋을 것 같았어. 자꾸 저승사자가 보이는 것도 좀 이상하고 말이야."

"그래요. 잘하셨습니다."

"아무튼 이 늙은이를 도와주어 고맙네. 오늘은 내가 사는 것이니 마음껏 먹고 마시게나."

"감사합니다."

"건배!"

따악!

양은 사발에 담아 마시는 막걸리 맛이 아주 달짝지근했으나 죽음을 준비해 준 것에 대한 답례라는 생각에 씁쓸한 입맛이 된 카미엘이다.

그러나 정작 정 노인은 꽤나 유쾌하게 이 상황을 받아들였다.

"허허, 정말 마음껏 마셔도 괜찮아. 내가 사는 것이니 부담 갖지 말고 마음껏 먹게나."

"예, 어르신."

유쾌한 정 노인이지만 그를 바라보는 이들의 눈동자 속에는 분명 슬픔이 담겨 있었다. 그러나 카미엘은 그런 티를 내지 않았다.

"어르신, 한 잔 받으시죠."

"으음, 그럴까?"

"한 잔 들이켜고 장기 한판 두시죠."

"오오, 좋지!"

"그냥 두면 재미없으니 내기 어떠십니까?"

"허허, 말년에 두려울 것이 뭐 있겠나? 그러세나."

카미엘은 주변에 있는 두 사람에게 말했다.

"훈수를 두면 같이 돈을 내는 겁니다. 아시죠?"

"오오, 장기에 팀플레이라는 건가?"

"그런 셈이죠."

"흥미진진하겠군. 좋아, 한판 두자고."

조금은 어두침침하던 술자리가 빛을 발하는 것 같았다.

* * *

그날 밤, 삼척 내항에서 일렬로 낚싯대를 드리운 네 사람이 가로등 아래에 앉아 술판을 벌이고 있다.

꿀꺽꿀꺽!

"크흐, 좋다!"

네 남자는 술을 마시고 있고, 이혜자는 그 옆에서 고기를 삶고 즉석에서 회를 떠서 전달해 주었다.

원래 이혜자는 이곳에 올 예정이 아니었는데 일찍 장사를 접고 정 노인을 따라온 것이다.

덕분에 카미엘과 일행은 호강을 하게 되었다.

정 노인이 미소를 지었다.

"으음, 좋아! 수육도 맛있고 회도 맛있고 술도 맛있고! 이게 진짜 삶이지!"

"그래요. 그러니까 더 이상 죽는다는 소리 좀 그만해요."

"허허, 알겠네. 자네 때문에라도 이젠 그런 소리 하지 않겠네."

한창 앉아서 술을 마시고 있던 일행의 낚싯대가 갑자기 흔들리기 시작했다.

딸랑딸랑!

"어어, 어어?!"

"농어다! 저놈은 농어가 분명해!"

"낚으시죠!"

찌를 바다에 띄워 낚는 농어는 물살이 거칠거나 파도가 칠 때 많이 보이는데, 자연산 농어는 그 맛이 가히 일품이라 할 수 있다.

가장 먼저 뛰어나간 정 노인이 낚싯대를 들어 올리자 꽤 탄탄한 입질이 느껴졌다.

파르르르르!

"오, 오오!"

"어르신, 대물인 모양입니다!"

"허허, 허허! 그러게 말이야!"

정 노인은 있는 힘을 다하여 릴을 감고 자신의 가까이로 물고기를 끌어당겼다.

잠시 후, 물고기가 수면 위로 모습을 드러냈다.

촤라라락!

"농어다!"

"이야, 완전 월척이네!"

"물때가 좋았나 봅니다! 거의 30㎝는 될 것 같은데요?"

"이놈을 회 쳐서 이 자리에서 먹자고!"

"완전 호강이네요! 항구에서 떠 온 회보다 더 맛있는 자연산 농어라니요!"

"허허, 그러게 말이야."

정 노인은 직접 농어를 잡아서 내장을 고르고 비늘을 벗겨 회를 쳤다.

척, 척, 척!

80년 내공이 고스란히 녹아든 그의 실력은 나무랄 데가 없었다.

회라면 제대로 뜰 줄 아는 카미엘이었지만 그가 회를 치는 것을 가만히 바라보기만 했다.

잠시 후 그는 일행에게 지느러미부터 건넸다.

"이곳이 고소해. 어서 한 점씩 먹어."

"예, 어르신. 감사합니다."

그는 오늘 이곳에서 수육을 삶느라 고생한 이혜자에게도 한 점 크게 썰어서 건넸다.

"자, 자네도 먹어."

"네, 고마워요."

그녀의 입에 회를 한 점 넣어준 정 노인은 미소를 지었다.

"허허, 어떤가? 맛이 괜찮은가?"

"…뭐, 그럭저럭 괜찮네요."

"그럼 됐어. 여기까지 와서 빈손으로 돌아갈까 봐 얼마나 걱정했는지 알아?"

"그래도 이 정도면 꽤 괜찮은 조과 아니에요?"

"허허, 그런가?"

"아무튼 욕심도 많아."

정 노인은 회도 쳤겠다, 이제 본격적으로 한잔 더 마시기로 했다.

"자자, 앉아서 먹자고!"

"예, 어르신!"

일행이 앉아서 수육에 회를 먹으려는 찰나, 내항의 상인들이 장사를 끝내고 다가왔다.

"어르신, 우리도 좀 끼워줘요!"

"허허, 그럴까?"

"오늘 오징어가 꽤 많이 남았는데 물회에 한잔 걸치시죠!"

"그래, 그러자고!"

비록 자신에겐 인색했어도 동네에는 좋은 일을 꽤 많이 한 정 노인은 주변에 사람이 많았다.

다들 생업이 바빠서 이렇게 모이는 경우가 드물긴 했어도 사이는 꽤 좋았다.

그는 오늘 자신의 삶을 정리하는 잔치를 제대로 벌이게 되었다.

　　　　＊　　　　　＊　　　　　＊

　며칠 후, 삼척시 외곽의 장례식장에서 정 노인의 장례가 치러
졌다.

　카미엘과 이혜자는 장례식장에 머물면서 3일 동안 밤을 지새
웠는데, 시장통 상인들이나 어시장 좌판 상인들도 대거 몰려들
었다.

　정 노인이 비록 아내를 여의고 쓸쓸하게 살아왔으나 마음씨
를 곱게 썼기 때문에 가능한 일이었다.

　상인들은 저마다 장례식장에서 대접할 수 있는 음식을 한 아
름씩 들고 와서 굳이 누가 상을 차릴 필요가 없었다.

　한번 앉으면 기본 하루는 밤을 새우는 상인들 덕분에 장례식
장은 인산인해를 이루었다.

　마치 잔치라도 벌어진 것처럼 술을 마시고 음식을 나누어 먹
는 조문객들 덕분에 빈소는 무척이나 따뜻했다.

　3일장이 끝난 후 카미엘은 직접 사비를 털어 발인을 거행하
고 그를 바다가 보이는 납골당에 안치했다.

　또한 오늘 상인들이 모금한 조의금은 고스란히 정노식의 이
름으로 복지관에 기부되었다.

　이제 그의 전 재산은 사회의 좋은 일을 구현하는 데 쓰일 것

이다.

남은 것은 납골당에 안치된 유골뿐이지만 사람들의 마음속에 정 노인은 아주 따뜻하고 정의로운 사람으로 기억될 것이다.

하지만 그런 정 노인의 뜻을 방해하는 사람들이 있었다.

정 노인의 자식들이 이제 막 장례식을 마친 카미엘과 동네 주민들이 모인 자리를 찾아왔다.

그들은 상주 노릇을 한 카미엘에게 달려와 다짜고짜 멱살부터 잡았다.

"이런 사기꾼 새끼 같으니! 우리 아버지 재산을 다 어디로 빼돌리고 부조금까지 들고튀어?!"

"…누가 누구의 재산을 들고튀었다는 겁니까?"

"평소에 아들처럼 친하게 지내는 청년이 있다고 하시던데, 네 놈이 그놈 아니야?!"

"아들인지 손자인지는 모르겠습니다만, 아무튼 동네에 그런 사람은 꽤 많습니다. 한번 천천히 둘러보세요."

뒤늦게 나타나 재산부터 찾는 자식들을 바라보는 주민들의 표정이 썩 좋지가 못했다.

정 노인의 자식들은 자신들이 궁지에 몰렸다고 생각하자 더욱 큰소리를 냈다.

"흥! 무슨 말도 안 되는 소리! 그렇다면 우리 아버지의 재산을 이 많은 사람들이 다 나누어 가졌다는 소리인가?!"

"거참, 정말 아무것도 모르는 사람들이군요."

카미엘은 정 노인의 고문 변호사 예지현을 불렀다.

"변호사님, 집행하시죠."

"예, 알겠습니다."

그는 정노식의 고문 변호사로서 사후의 유언을 집행하기로 했다.

"정노식 선생님께선 당신의 사후에 모든 재산을 사회에 기부하기로 하셨습니다. 그에 대한 증거는 선생님께서 남기신 영상과 유언장에 모두 남아 있으며 그에 관한 사안은 직접 법원에서 공증을 받으셨습니다. 이제 그 어떤 누구도 선생님의 재산에 손을 댈 수 없습니다. 심지어 복지 재단에서 재산을 사용하는 내역도 우리 강원도 변호사협회에서 직접 감시할 것입니다. 그 결과는 지자체와 주민들에게도 전달될 것이고요."

"그, 그럼 조의금은……."

"당연히 복지 재단으로 들어갔습니다. 아 참, 그중의 일부는 선생님의 동상을 세우는 데 들어갈 겁니다."

정 노인의 자식들은 도무지 믿을 수 없다는 표정을 지었다.

"…아버지가 되어서 어떻게 자식들을 나 몰라라 할 수 있지?"

"남의 자식들에겐 돈을 마구 뿌려주었으면서 우리에겐 돌아올 몫이 없다고? 이게 무슨 개소리야?!"

카미엘은 정 노인의 자식들에게 일침을 가했다.

"이봐요, 유족 여러분. 당신들이 인간이라면 그런 소리는 할 수 없을 텐데요?"

"…그게 무슨 소리야?"

"어르신은 부인을 잃고 지금까지 재혼도 하지 않은 채 쓸쓸하게 사셨습니다. 그런데도 자식들은 얼굴도 안 비추고 안부 한 번 묻지 않으셨지요."

"그거야 바쁘니까……!"

"이 세상에 아무리 바쁜 사람이라도 일 년에 한 번도 여유를 낼 수 없는 사람은 없어요. 만약 그게 힘들다면 전화라도 한 통, 문자라도 한 번 보낼 수 있는 것 아닙니까?"

"……."

"어르신은 당신들을 못내 그리워하셨습니다만, 어느 순간에는 아예 포기하시더군요. 그래서 더욱 고물상을 나오지 않고 일에 매달렸을 테지요. 그런 어르신은 고향 사람들에게 사랑을 되돌려 주신 겁니다. 차라리 사장 상인들과 가족처럼 지냈으니까요."

카미엘은 그들에게 아주 낡은 앨범을 하나 건넸다.

"어르신이 돌아가시는 날까지 애지중지 간직한 것입니다. 이젠 자식들에게 돌아갔으니 앞으로 그 물건이 어떻게 될지는 저도 모릅니다."

"…왜 당신이 이런 일들을 대신 해주는 겁니까?"

"친자식들이 하지 않으니 어쩌겠습니까? 가끔 신세를 진 제가 대신해야지요."

이제 자신이 할 일을 다 한 카미엘은 납골당의 열쇠를 건네주며 말했다.

"납골당은 시에서 관리하게 될 겁니다. 하지만 당신들도 자식으로서의 권리가 있으니 열쇠를 드리겠습니다. 그러나 만약 앞으로도 찾아오지 않을 생각이라면 일찌감치 열쇠를 주십시오. 제가 알아서 돌보아 드리겠습니다."

"됐어요. 우리가 알아서 할게요."

정 노인의 슬하에 있는 육 남매는 앨범을 가지고 조용히 돌아섰다.

*   *   *

정선의 한 대폿집, 정노식의 자식들이 모두 모여 있다.

"제기랄, 설마하니 아버지가 이렇게 우리를 무시할 줄은 꿈에도 몰랐다."

"…우리도 할 말 없지, 뭐. 그동안 어머니 돌아가시고 아버지 등한시한 것은 사실이잖아?"

"뭐야?!"

형제들은 이미 재산 분할에 대한 문제 때문에 신경이 곤두서 있는 상태였다. 그런데 그나마 남은 재산마저 기부가 되었다니 속이 뒤집어질 판이었다.

그렇지만 속이 뒤집어진 사람 중에서도 유독 막내딸은 형제들과 다른 슬픔에 잠겨 있었다.

"…다들 너무하네. 아무리 그래도 아버지가 돌아가셨는데도 돈 얘기만 해야겠어?"

"허어! 돈 필요하다고 팔짝 뛰던 사람이 누구인데?!"

"알아. 내가 돈에 눈이 멀었다는 것을. 하지만 앨범을 봐."

막내가 앨범을 펼치자 어린 시절의 육 남매가 고스란히 들어 있다.

무려 50년 전부터 하나하나 차곡차곡 모아온 사진들이 자식들의 일대기가 되어 남아 있었다.

하지만 정작 아버지 정노식의 사진은 한 장도 없었다.

"봐. 우리의 인생은 남아 있지만 아버지의 인생은 없어. 자식들이 이렇게 장성해서 자식을 낳고 그 자식이 자식을 낳았어도 아버지의 인생은 없어."

"……."

"아마 우리의 결혼사진에 남은 것이 아버지의 유일한 모습이겠지. 아버지는 우리가 기쁜 순간에만 기억하려 했을 뿐 평소 아버지의 모습은 까마득하게 잊고 지낸 거야."

그녀의 일침에 자식들이 일순간에 숙연해졌다.

"…그래, 그러고 보니 그러네."

"이젠 아버지를 보고 싶어도 못 봐. 심지어 아버지가 돌아가실 때 어떤 모습, 어떤 표정이었는지도 몰라. 우리가 이러고도 사람이야?"

"……."

자식들은 그제야 자신들이 무슨 짓을 저지른 것인지 깨닫게 되었다.

"망자의 사진을 찍는 방법은 없어. 심지어 아버지는 당신의 시신을 화장해 달라고 하셨잖아. 이제는 더 이상 아버지를 볼 수가 없어."

"아아……!"

불효자식들은 그제야 아버지가 그리워졌지만 이미 그는 세상을 떠난 후였다.

아마도 죽을 때까지 아버지를 찾아 슬퍼하며 유산 때문에 싸운 지난날을 후회하게 될 것이다.

아버지는 죽어서도 자식들에게 교훈을 남기고 싶었던 것이다.

자식들은 아버지가 남긴 앨범이라도 보존하기 위한 방법을 강구하기로 했다.

제4장
제주도

늦은 밤, 강원도 삼척으로 전술용 헬리콥터 한 대가 날아들었다.

다다다다다!

전술용 헬리콥터는 전차를 비롯한 각종 전술 장비를 싣고 날아다닐 수 있는 전천후 비행 수단이라 할 수 있다.

대한민국에도 불과 두 대밖에 없고 전 세계적으로 봤을 때에도 열 대 이상 보유한 국가가 드물었다.

그도 그럴 것이, 전술용 헬리콥터는 대부분 몬스터의 수렵에 사용되기 때문에 제아무리 병력이 많다고 해도 운용할 수 있는 부대 자체가 별로 없었다.

그런 이유로 인해 전술용 헬리콥터는 주로 실버 나이프와 같은 전문 수렵 단체나 사용하는 물건으로 인식되었다.

전술용 헬리콥터에서 내린 사람은 탐스러운 백금발을 가진 여성이었다.

이제 막 20대 후반이나 되었을 법한 그녀는 날카로운 인상을 가진 북유럽계 미녀였다.

얇은 뿔테안경과 머리칼을 질끈 묶어 핀으로 동그랗게 고정시킨 그녀는 가뜩이나 차가운 인상에 냉기를 더해주고 있었다.

아찔한 하이힐에 몸매의 볼륨감을 극대화시켜 주는 치마 정장을 갖춘 그녀는 오피스룩이 상당히 잘 어울렸다.

아마도 그녀의 이러한 이미지 때문에 인상이 훨씬 더 차갑게 느껴지는 것 같았다.

새빨간 립스틱에 순백색 피부는 그녀의 차가운 이미지에 재원의 느낌을 더해주었다.

하지만 입술 아래에 자리 잡고 있는 작은 점은 차갑지만 아주 농염하다는 생각이 들게 했다.

그런 그녀가 헬리콥터에서 내리자 주변으로 네 명의 건장한 사내가 달려와 경호를 시작하였다.

경호원들은 헬리콥터에서 빨간색 스포츠카가 나올 때까지 그녀를 경호하였다.

그리고 잠시 후 그녀가 스포츠카에 올라타자 전투 조끼와 소총 등을 차량의 트렁크에 실었다.

"조사관님, 출발 준비는 모두 끝났습니다."

"무기는 잘 있죠?"

"물론입니다."

"그래요. 잘 알겠어요."

그녀의 차량에는 이미 12㎜ 대구경 저격총과 권총, 산탄총 등이 들어 있었지만 지금 그녀가 가려는 곳은 조금 더 장비를 보충할 필요가 있는 곳이었다.

"내가 열 시간 안에 돌아오지 못하면 그냥 먼저 출발하세요."

"수색대의 파견은 오늘도 없습니까?"

"그럴 생각이었다면 벌써 그렇게 했겠죠."

"예, 잘 알겠습니다."

사내들이 꾸벅 고개를 숙이자 그녀는 스포츠카의 시동을 걸었다.

부르르르르릉!

날카로우면서도 강렬한 배기 음이 꼭 그녀를 닮은 것 같았다.

그녀는 내비게이션으로 목적지를 설정하였다.

피암 터널

현재 피암 터널은 군사 활동 지역으로서 통제구역으로 지정 되어 있었으나, 그녀의 소속은 그곳을 충분히 지나갈 수 있었다.

그녀는 차량에 타자마자 핸드백에서 유엔의 로고가 붙은 신분증을 꺼내 들었다.

유엔사무국―스칼렛 레이블린

스칼렛은 유엔의 신분증을 가지고 일하지만 정확한 소속은 실버 나이프였다.

전 세계에 단 한 명뿐인 위험지역 여성 조사단인 그녀는 미국 네이비씰 출신으로서 CIA와 FBI를 두루 거치면서 군인으로서의 자질뿐만이 아니라 조사관, 첩보원의 기술까지 두루 섭렵하였다.

또한 남군을 포함한 미 해군 최고의 저격수였으며 어지간한 해커를 뛰어넘는 디지털 침투 능력까지 갖추고 있었다.

아마 그녀가 마음만 먹는다면 침투하지 못할 곳은 존재하지 않을 것이다.

그런 스칼렛이 최종적으로 안착한 곳은 바로 실버 나이프 특수 조사단이었다.

실버 나이프 특수 조사단은 기본적으로 특수 위험지역 내부의 조사를 전담하지만 정치적으로 첨예하게 얽인 분쟁 지역을 탐사하기도 한다.

그녀는 최근 몇 개월 사이에 일어난 삼척 지하 수로 몬스터 창궐 사건을 조사하기 위해 이곳으로 왔다.

삼척의 지하 수로 몬스터 창궐 사건은 이미 대한민국 육군이 종결지은 사건이지만 아직까지 수많은 의혹이 남아 있었다.

특히나 최근에 벌어진 한국에서의 잦은 아공간 출몰 사건은 상식적으로 이해하기 힘들 정도로 시기적절하게 벌어졌다.

그중에서도 가장 결정적인 사건은 바로 마영신도시 몬스터 창궐 사건으로, 제아무리 몬스터가 자기 마음대로 튀어나오는 괴물이라고 해도 비정상적일 정도로 침착하게 인간들의 공사를 기다렸다.

공사가 끝나기 직전까지 기다렸다는 것은 분명 무언가 노림 수가 숨어 있다는 소리다.

그녀는 카미엘 일행이 가지고 온 소환술사 쿤타에 대해서 조사하기로 했으며, 그 배후에 있는 모종의 세력에 대해서 알아낼 요량이다.

그 첫 번째 목적지인 피암 터널에 도착한 그녀에게 8군단 소속 편도현 대위가 찾아왔다.

"레이블린 조사관님?"

"당신이 편도현 대위군요?"

"반갑습니다."

두 사람은 악수를 나누곤 곧바로 일 얘기로 들어갔다.

"지금 피암 터널로 들어가 볼 수 있겠습니까?"

"물론입니다."

"좋아요. 그럼 장비만 좀 착용하고 다시 오겠습니다."

"그러시죠."

그녀는 남자가 우글거리는 조사 지역에서 대놓고 옷을 갈아입었다.

훌러덩!

네이비씰에서 남자들과 동고동락하던 그녀에게 공개적인 탈의(?)는 그다지 큰 문제가 되지 않았다.

그렇지만 그녀의 곁에 있던 군인들은 도대체 눈을 어디에 두어야 할지 몰라 난감해했다.

"허, 험험!"

"왜요?"

"아, 아닙니다."

워낙에 육감적인 몸매를 가진 그녀는 171㎝의 훤칠한 키를 거의 예술로 승화시켜 몸매를 가꾸었다.

아니, 어쩌면 이러한 몸매는 가꾼 것이 아니라 극한에 이르는 훈련을 거치면서 생겨난 것인지도 몰랐다.

덕분에 갈 곳을 잃고 흔들리던 병사들의 시선이 단 3초 만에

다 잠혔다.

그녀는 환복을 하는 데 그리 오랜 시간이 걸리지 않는 여자이기에 벗고 있는 시간이 그리 길지가 않았던 것이다.

순식간에 실버 나이프 전용 전투복으로 갈아입은 그녀는 차량에서 전투 조끼를 비롯한 각종 장비를 꺼내어 장착했다.

철컥!

"갑시다."

"아, 네!"

옷을 갈아입고 소총까지 파지하는 데 걸린 시간은 불과 10초 남짓, 결코 허둥지둥하지 않아도 이미 몸에 배어 있는 신속함이다.

그녀의 전용 소총인 '스칼렛'은 미국의 M4A1을 개조하여 만든 실버 나이프의 작품이다.

스칼렛 소총에는 전투에 필요한 거의 모든 기능이 내장되어 있어 별도의 장비가 필요 없었다.

편도현 대위와 함께 피암 터널 입구까지 온 그녀는 디지털 지도의 정보가 모두 들어 있는 USB를 하나 건네받았다.

"내부의 구조가 고스란히 나와 있는 설계도입니다. 그것을 이용하시면 당시의 탐사대가 격전을 치른 구역을 두루 거칠 수 있을 겁니다."

"고마워요."

그녀는 종이처럼 접히는 디지털 전술지도를 펼쳐 그 측면에 USB를 연결하였다.

삐빅!

잠시 후, 디지털 전술지도가 해당 지역의 정보를 로딩하여 그녀에게 보여주었다.

스칼렛은 빨간색으로 표시되는 격전 지역을 바라보며 물었다.

"지금은 아공간이 소환되지 않나요?"

"이제는 안전합니다."

"흠, 몬스터는 아예 한 마리도 없다는 소리지요?"

"안 그래도 격전이 끝날 무렵에 해결사들이 모두 해치워서 남는 것이 없습니다."

"표본은요?"

"죽은 시체라면 아직 군단 사령부에서 보관하고 있습니다."

그녀는 고개를 저었다.

"됐어요. 죽은 시체를 가지고 뭘 어쩌겠어요?"

"하긴, 그런 그렇지요."

스칼렛은 USB를 그에게 돌려주었다.

"잘 쓸게요. 오늘 사용한 정보는 이곳을 나서는 순간 삭제하겠습니다."

"그러십시오."

그녀는 혼자서 지하 수로 문을 열고 피암 터널 지하로 들어 갔다.

*　　　*　　　*

피암 터널 지하 2층 안은 여전히 몬스터의 피 냄새가 진동하 고 있었다.

스칼렛은 익숙한 이 비린내에 인상을 찡그렸다.

"…제대로 치운 것 같지는 않은데?"

그녀는 이곳에 죽어 있는 몬스터의 모양만으로도 놈들이 어 떻게 죽었는지 파악해 냈다.

"사지가 절단된 모양이 딱 절단육 같은 느낌이군. 이놈들, 펌 프의 모터 안에 들어가 스스로 갈려서 죽은 것이야."

당시의 상황을 재해석하는 것은 FBI에서 프로파일러 교육을 받고 현장에서 경험을 쌓아 탄생한 능력이다.

살인 사건을 워낙 많이 접하다 보니 시체가 어떻게 잘렸는가 만 봐도 재구성이 충분히 가능했다.

그녀는 복도를 따라서 쭉 걷다가 이내 바닥에 흩어져 있던 몬스터의 시신 조각들을 발견하였다.

그런데 이곳에 있는 시신은 지하 2층에 있는 다른 몬스터의 것과 조금 달랐다.

"네모난 형태로 각이 져 있다. 큐브형 몬스터야."

큐브형 몬스터가 이곳에 있다는 것은 지하에서도 소환이 이뤄졌다는 것이다.

만약 카미엘이 실버 나이프의 아공간 전문가들과 함께 목숨을 걸고 돌아오지 않았다면 큐브형 몬스터가 아공간을 이루는 재료라는 것을 까마득히 모를 뻔했다.

하지만 이제는 그에 대한 단서가 충분했다.

"일부러 이곳을 고장 낸 후에 위장시킨 것이군."

아공간을 인간이 만들 수 있다는 것을 몰랐다면 이런 생각을 할 수 없겠지만, 아공간을 소환하는 인간이 있다는 가정하에선 별의별 추측이 다 나올 수 있었다.

그녀는 이 중에서도 가장 유력한 것을 뽑아 들었다.

"위장시킨 것은 이 작전이 일부러 실패하길 바랐다는 뜻이 되는 건가?"

만약 금전을 편취하기 위하여 지하 수로를 망가뜨렸다면 아주 이해가 안 되는 것도 아니었다.

현재 이곳에는 삼척시의 공공펀드가 다수 투입되었기 때문에 돈을 편취하자면 마음껏 할 수 있었을 것이다.

한창 호황을 만들어놓고 돈을 불린 후 그 수익금만 꿀꺽하고 당장 곤두박질치는 땅을 구매하여 타이밍만 잘 잡으면 나중에 대박을 칠 수도 있었다.

왜냐하면 여전히 삼척은 관광지이고 추후에 지하 수로가 건설되면 또다시 주가는 오를 것이기 때문이다.

물론 이 모든 것을 실행으로 옮기는 것은 생각보다 어려운 일이긴 하다. 그렇지만 한 번 성공한다면 엄청난 이득을 볼 수 있었다.

그녀는 곧장 터널 지하 수로로 향했다.

"아공간의 정확한 위치를 파악한다면 심증이 확증으로 굳어지겠지."

스칼렛은 자신의 보조 조사관들에게 연락했다.

"지금 당장 지하 수로를 따라서 땅을 산 사람이 있는지 알아봐요."

―그 근방의 땅만 알아보면 되겠습니까?

"만약 그 밖에 달리 관련된 사안이 있다면 모조리 알아봐 주세요."

―예, 알겠습니다.

누구인지는 모르겠으나 돈 욕심이 아주 많은 사람들이 작전을 짜고 친다는 생각이 드는 그녀이다.

"이 새끼들이 돈으로 장난을 치네?"

그녀는 걸음을 재촉하였다.

*　　　　　*　　　　　*

제주도로 날아가는 실버 나이프의 전술 비행기 안에 카미엘과 발록 용병단이 탑승해 있다.

그들은 현재 탐사 지역에서 연락이 두절된 조사관과 수렵 전문가, 아공간 전문가를 찾기 위해 투입되었다.

또한 카미엘은 앞서 투입된 조사관을 대신하여 위험지역을 조사하게 될 것이다.

만약 한국군 지상 병력이 투입되어 이곳을 확 밀어버렸으면 좋았겠지만 아직까지 이곳에서의 전투는 불가능했다.

제주자치도에서의 미허가 전투는 아무리 몬스터를 상대하더라도 중죄로 간주된다. 그렇기 때문에 카미엘과 그 일행은 단순 조사단으로서의 임무만 담당하게 된 것이다.

이번 작전의 책임자이자 딜러로 참석하게 된 캐스퍼 쿠퍼는 발록 용병단에게 유의 사항에 대해 설명하였다.

"이번 작전의 궁극적인 목표는 생존입니다. 어찌 되었든 간에 당신들의 목숨이 중요하다는 소리입니다. 괜히 영웅 심리에 이끌려 목숨을 버리는 일이 없도록 합시다."

"그렇다면 우리는 적당한 선에서 도망을 치면 되는 겁니까?"

"능동적으로 일을 하시면 됩니다. 아무리 임무가 중요해도 인재를 잃으면 우리는 남는 것이 없어요."

작전 책임자는 실버 나이프에서 전적으로 작전을 관리하는 사람으로서 실제로 작전에 참여하지는 않는다.

또한 용병단에게 작전을 중개시켜 주는 딜러는 일정의 수수료를 받고 일을 배정시켜 준다.

작전에는 중요 순위가 있는데, 만약 발록 용병단을 포함한 모든 인원이 한꺼번에 집중해야 할 일이 생긴다면 자잘한 작전은 자동으로 취소된다.

하지만 그 하위 작전들은 위험도와 긴급도 등을 돈으로 환산하여 별점으로 표시한다.

이번 임무는 별 열 개 중에서 일곱 개에 해당되며 작전을 완수하게 되면 보너스로 추가 수당이 지급된다.

만약 별이 높은 작전이 있더라도 마음에 들지 않으면 위험도가 더 낮은 작전을 선택해도 상관은 없다.

그러나 그렇게 되면 용병단 자체의 평가도가 떨어져 작전 완수로 인해 지급되는 보수가 줄어들게 된다.

보수는 평가도와도 밀접한 연관이 있기 때문에 자잘한 일만 계속하다간 밥 벌어먹기도 힘들어질 수 있었다.

이렇듯 실버 나이프는 용병들에게 동기를 부여하고 열심히 살아갈 이유를 제공하는 방법으로 집단을 유지시켰다.

물론 일에 대한 보수는 유엔에서 지급되기 때문에 보수가 막히는 일은 절대로 없었다.

한마디로 이곳 역시 철밥통이라는 소리다.

잠시 후, 카미엘과 발록 용병단을 태운 전술 비행기가 제주도 남부에 안착하였다.

이번 작전에서는 전차와 장갑차 용병들이 전부 소총수로 전환하여 작전에 참여하게 되었다.

그들은 전장에서 갖은 풍파를 다 겪은 백전노장이기 때문에 어떠한 포지션을 쥐어주어도 완벽하게 해낼 수 있는 잠재력이 있었다.

카미엘은 방패를 든 길잡이의 역할을 맡았다.

그는 캐스퍼에게 작전의 시작을 알렸다.

"자, 그럼 작전 시작하겠습니다."

─라져. 이제부터는 제 목소리에 집중해 주세요. GPS를 통하여 여러분의 위치를 파악해 드리겠습니다.

"잘 알겠습니다."

작전 책임자는 작전이 성공적으로 끝날 수 있도록 상황을 중계하고 지형에 대한 브리핑을 진행하게 된다.

또한 작전이 그른 방향으로 엇나가지 않도록 긴밀하고 지속적인 무전을 주고받으면서 대원 관리에 주력한다.

지금의 작전은 오로지 생존과 수색이 목적이기 때문에 한 명의 책임자가 상주하지만 대규모 전투나 침투의 경우엔 최소 세 명에서 최대 백 명까지 참여하게 된다.

작전의 진행은 그것을 인도하는 길잡이의 역할도 크지만 그를 잘 컨트롤하는 관리자의 역량이 매우 중요했다.

카미엘은 캐스퍼의 목소리에 따라서 천천히 이동하였다.

─대장님, 전방에 격전지가 있습니다. 최대한 천천히 이동하세요.

"입감."

그는 캐스퍼의 지시에 따라서 후방의 동료들에게 일단 정지 신호를 보냈다.

그러자 순식간에 은폐물을 찾아 몸을 숨기는 발록 용병단이다.

카미엘은 야간 투시경으로 전방을 살폈다.

길잡이의 방탄모에 달린 카메라와 야간 투시경은 캐스퍼의 작전 상황판과 연동되어 상황을 완벽하게 공유하게 된다.

"위험 요소는 없는 것 같습니다."

─그런 것 같습니다. 이곳에서 스캔을 해봐도 이상 유무는 발견되지 않습니다. 이제 움직이셔도 됩니다.

카미엘은 안전을 확보한 후에야 동료들에게 전진 신호를 보냈다.

다시 일렬로 늘어선 발록 용병단은 사주경계를 풀지 않은 채 수색로를 따라 걸었다.

캐스퍼는 다음 격전지의 정보에 대해서 설명하였다.

─두 번째 격전지에서 대략 50마리의 몬스터와 격전을 치렀습니다. 다만 첫 번째 개체에게 방탄모가 날아가는 바람에 카메라가 깨졌습니다. 그래서 정확한 상황을 파악할 수가 없었습니다.

"그럼 그곳에 뭐가 있는지 알 수가 없다는 소리군요?"

─무전이 남아 있긴 했습니다만, 워낙 노이즈가 심해서 뭐가 어떻게 된 것인지 알 수가 없습니다.

"홈⋯⋯."

─아무튼 그들도 충분히 실력이 뛰어난 사람들이었으니 긴장을 풀지는 마십시오.

"잘 알겠습니다."

카미엘이 캐스퍼의 중계를 라디오 삼아 걸어가고 있는 가운데 그의 감각에 무언가가 걸려들었다.

사사사삭!

최근 환골탈태로 인하여 신체의 능력이 급격하게 상승한 카미엘은 100미터 밖에서의 소리도 들을 수 있었다.

그는 재빨리 동료들에게 정지 신호를 보냈다.

"정지!"

"⋯⋯?"

"어서 은엄폐를 실시해! 어서!"

동료들이 전부 숨고 난 후 카미엘은 아름드리나무 뒤로 몸을 숨긴 채 전방을 주시하였다.

─무슨 일이십니까?

"조금만 기다려 봐요."

잠시 후, 카미엘의 바로 앞으로 한 무리의 가우스트 물뱀이 지나갔다.

쉬이이이익!

가우스트 물뱀의 앞발이 성인 남성의 두 배쯤 되는 것으로 보아 이놈들은 곧 진화를 거칠 것으로 보였다.

"…보여요?"

─저 정도면 거의 중상급 이상의 개체인데요? 잘못하면 오늘 이곳에서 바질리스크를 또 보게 되는 겁니까?

카미엘은 제아무리 베테랑 조사관이라고 해도 이곳에서 살 아남는 것이 쉽지는 않았을 것이라고 확신했다.

그는 가우스트 물뱀의 행렬을 보낸 후 캐스퍼에게 물었다.

"1차 탐사대는 어디서 신호가 끊어졌습니까?"

─지금 그 자리에서 대략 1㎞ 앞입니다.

"그렇다면 꽤 먼 거리까지 들어갔다는 소리인데?"

만약 이곳이 평지고 몬스터가 창궐하지 않은 곳이었다면 1㎞는 그리 먼 거리가 아닐 것이다.

하지만 지금 이곳에는 도대체 몇 마리인지도 모를 몬스터가 창궐해 있는 상황이다.

더군다나 몬스터가 창궐하면서부터 이상하게도 주변에 수풀이 우거져 협곡이 거의 정글로 변해 있었다.

이런 상황에서 1㎞를 이동했다는 것은 꽤 깊이 들어갔다는 뜻이다.

"캐스퍼, 그 밖에 다른 정보는 없어요?"

—으음, 인근에 뱀과 몬스터가 많다는 것, 그리고 지대공 공격이 가능한 몬스터가 다수 상주하고 있다는 것 말고는 없습니다.

"지대공이요?"

—정확하게 무엇으로 공격하는지 알 수는 없습니다만, 교신이 끊어지기 직전에 망가진 캠이 아주 잠시 켜졌어요. 그때 찍힌 영상에는 공중에 떠워져 있던 드론을 요격시키는 장면이 들어 있었습니다.

"요격이라……. 가우스트 물뱀인가?"

—아니요, 그건 아닙니다. 가우스트 물뱀의 등뼈라고 하기엔 사정거리가 너무 길었어요. 거의 100미터에 달하는 사거리를 가진 가우스트 물뱀은 존재하지 않잖아요?

"그건 그렇지요."

—아무튼 지금은 격전 지역을 최대한 피해서 가는 수밖에 없습니다. 벌써부터 가우스트 물뱀들이 보이잖아요?

"알겠습니다. 그럼 새로운 경로를 검색해 주세요."

―네, 잠시만 기다리세요.

캐스퍼는 카미엘에게 새로운 경로를 전달해 주었다.

―지금 그곳에서 대략 100미터쯤 우회하게 되면 격전지를 거치지 않을 수 있습니다.

"알겠습니다."

카미엘은 캐스퍼의 말대로 동료들을 이끌고 우회로를 향해 걸었다.

＊   ＊   ＊

피암 터널 지하 수로 안.

촤락촤락.

아직까지 빠져나가지 않은 물이 자박자박하게 깔려 스칼렛의 발목을 치고 있다.

그녀는 디지털 지도 안에 나와 있는 첫 번째 격전지로 들어섰다.

격전지 주변으로는 인간의 것으로 보이는 살점과 핏자국이 낭자했으며 불에 타버린 아공간의 잔해도 남아 있었다.

살점은 이미 물에 팅팅 불어서 흐물흐물해졌고, 아공간의 잔해는 그나마 좀 물을 덜 먹은 것으로 보였다.

"사람이 이곳에서 떼로 죽은 후에 다시 들어와 교전을 펼친 것인가? 그래서 아공간을 파쇄한 모양이군."

이곳에서 일어난 전투에 관한 자세한 사항은 비문의 형태로 작성되어 육군본부에서 보관하고 있다.

그러니 그녀가 당시의 자세한 상황에 대해서 알 수 있을 리가 없었다.

제아무리 카미엘이 당시의 사건을 또렷이 기억하고 있다곤 해도 다수의 목격이 적힌 비문을 따라갈 수는 없을 것이다.

그녀는 카미엘의 증언과 이곳의 상황을 토대로 사건을 재구성하고 있는 중이다.

잠시 후, 그녀의 눈이 파쇄된 아공간의 바로 옆에 머물렀다.

"이곳에도 파란색 돌이 있군."

비록 색이 바래긴 했어도 돌은 여전히 영롱한 푸른색을 띠고 있었다.

그녀는 이런 돌멩이를 일전에도 본 적이 있다.

자신의 핸드폰에 찍혀 있는 사진을 불러내 돌멩이와 비교해 보니 그 모양과 색이 일치하였다.

"그래, 이곳이나 그곳이나 다른 곳에서도 그놈이 활약했던 거야."

쿤타라고 알려진 소환술사는 그녀가 아주 오래전부터 마주하던 사람이다.

처음엔 그냥 몬스터가 나오는 곳에서의 특징이라고만 생각했으나, 아공간을 인간이 만든다는 것을 알고 나니 악연이 꽤 오래되었다는 것을 알 수 있었다.

스칼렛은 빛이 바래 버린 돌을 주워 주머니에 집어넣었다.

"놈, 다음에 만나면 반드시 족쳐주마."

과연 그놈이 어떻게 생겼는지 알 수는 없지만, 인류에 악영향을 미치는 것은 확실했다.

그녀는 계속해서 수로를 따라 걸었다.

대략 열 시간 후, 그녀는 가까스로 지하 수로의 끄트머리에 닿을 수 있었다.

이곳에는 일렉카둠의 시신과 자이언트 웜의 잔해가 사방에 흩어져 있었다.

"도대체 현장을 보존한다는 거야, 아니면 그냥 방치한다는 거야?"

악취가 풀풀 풍길 때까지 현장을 방치한다면 나중에 이것을 치울 일은 아예 생각도 안 한다는 소리이다.

만약 그녀였다면 어차피 죽은 시신들은 치우고 중요한 것만 남겨두었을 것이다.

하지만 이곳은 정리라는 개념을 아예 모르는 사람들만 모인 것 같은 느낌이 들었다.

"살기가 쉽지 않은 나라인 것 같군."

한국이 처음은 아니지만 올 때마다 약간씩은 실망을 하고 돌아가곤 하는 스칼렛이다.

그녀는 악취를 막기 위해 방독면을 쓰고 바닥을 헤집고 다니기 시작했다.

촤락촤락!

죽은 몬스터의 시체가 부패하여 내뿜는 엄청난 시독을 견디며 수색을 펼치던 그녀의 감각에 뭔가 딱딱한 것이 걸렸다.

툭.

그녀는 바닥에서 또 다른 큐브 조각을 발견했다.

"이 아래에도 원래 아공간이 설치될 예정이었던 건가?"

만약 이곳에도 아공간을 설치할 수 있었다면 굳이 몬스터들이 물에 휩쓸리도록 하는 등의 고생이 필요하였을까 하는 의문이 든다.

"그냥 단순히 몬스터만 창궐하게 만드는 것이 목적이 아니었단 말인가? 뭐가 어떻게 된 거지?"

스칼렛은 이 사건과 관련하여 옥살이를 하고 있는 사람들을 만나보기로 마음먹었다.

*　　　　*　　　　*

강릉 교도소 내부에 위치한 면회실로 조필규가 불려 나왔다.

안 그래도 퉁퉁 부어 있던 얼굴이 한껏 부풀어 올라 사람인지 하마인지 구분을 할 수 없는 조필규이다.

그는 금발의 미녀 스칼렛을 바라보며 고개를 갸웃거렸다.

"뭐야? 계집애가 면회 왔다고 하더니 백마였어?"

"…그래서 불만인가?"

"후후, 불만일 것이 뭐 있나? 기왕지사 면회를 올 것이라면 금발의 미녀가 훨씬 낫지."

스칼렛은 그에게 영치금을 두둑하게 넣어준 사람이 바로 자신이라는 것을 피력하였다.

그녀는 영치금을 넣은 영수증을 보여주며 말했다.

"이 정도면 교도소에서 주변 사람 며칠 챙겨줄 정도는 되겠지?"

"…도대체 목적이 뭐야? 생판 모르는 남에게 왜 이런 돈을 건네주는 거지?"

"네게 원하는 정보가 있다."

"정보?"

그녀는 삼척 몬스터 창궐 사건에 대한 기사가 쓰여 있는 신문지를 보여주며 말했다.

"이 사건에 대해 아는 것이 있으리라 생각한다."

"……"

"내가 알기론 이 감옥에 들어온 계기가 바로 몬스터 창궐 사건 때문이라고. 맞나?"

"다 알면서 뭘 말을 빙빙 돌리나? 양년들은 원래 그렇게 말을 빙빙 돌리는 모양이지?"

스칼렛은 조필규에게 단도직입적으로 물었다.

"한 가지만 묻지. 만약 네가 이 질문에 제대로 답변한다면 교도소에서 나와 생활할 때 아주 큰 도움이 될 것이다. 만약 그렇지 않다면 평생 항만에서 노역이나 하면서 살게 되겠지."

"훗, 내가 이 강원도 바닥에서 그딴 머저리 같은 짓이나 하면서 살 것 같은가?"

"내가 그렇게 만들 것이다. 이 세상에 돈과 인맥으로 안 되는 일은 없거든."

조필규는 고개를 가로저었다.

"정신이 어떻게 된 년이군. 돈은 고맙지만 받기는 싫다. 영치금은 다시 빼가든지 말든지 마음대로 해라."

"으음, 아직까지 내 능력을 의심하는 건가?"

"능력이고 나발이고 현실적으로 말이 되는 소리로 사람을 협박해라. 괜히 미친년이라는 것을 광고하고 다니지 말고."

"후후, 그래, 지금은 그렇게 자신만만하겠지. 하지만 앞으로 며칠 후에도 그렇게 자신만만할 수 있는지 한번 두고 보겠다."

그녀가 자리에서 일어나자 조필규가 한마디 건넸다.

"너야말로 그 문을 나서는 즉시 목숨이 위태로워질 것이다.

내가 장담하지."

　"훗, 그럴 수 있을까? 할 수 있으면 한번 해보시던지."

　스칼렛은 아주 여유로운 발걸음으로 교도소를 나섰다.

제5장

시름이
깊어지는 일들

카미엘 일행이 제주도 남부 정글에 들어온 지도 어언 열 시간이 지났다.

발록 용병단은 거의 파김치가 되어 목적지를 눈앞에 두었다.

"쉽지 않네. 뭐가 이렇게 복잡해?"

"원래 정글이라는 것이 그래. 위험 요소를 배제하면서 걷는 것이 거의 불가능하다고 볼 수 있지."

일행은 우회로를 통하여 단 1㎞를 이동하는 동안 시시때때로 몬스터들이 출몰하여 발이 묶였다.

만약 정상적으로 걸었다면 진즉 목적지에 도착하고도 남았

을 테지만, 이제는 밤이 너무 깊어서 움직이는 것조차 부담이
될 정도가 되었다.

캐스퍼는 이제 곧 실종 지점에 도착할 것이라고 브리핑하였
다.

─전방 10미터 앞에 작은 협곡이 있습니다. 그 앞으론 작은
폭포가 하나 있는데, 높이가 생각보다 조금 높습니다. 그 근방
에서 조사단이 사라진 겁니다.

"폭포라……. 그렇다면 뱀과 몬스터들 말고도 또 다른 놈들
이 서식하고 있었을 확률이 높겠군요."

─제 생각엔 늪지생물들이 대거 뿜어져 나온 것이 아닌가 싶
어요.

"늪지생물이라……"

주로 축축한 기슭에 서식하는 늪지생물은 평소엔 늪 속에 몸
을 숨기고 있다가 먹이가 나타나면 순식간에 모습을 드러내 사
냥을 성공시킨다.

그 때문에 제아무리 숙련된 전문가라고 해도 늪지에 숨어 있
는 몬스터들을 사전에 찾아내는 것은 무척이나 어려운 일이었
다.

"도무지 감을 잡기가 힘들군."

일행은 조금 더 안쪽으로 들어가는 것 말고는 방법이 없다고
판단하였다.

"대장, 그냥 안으로 들어가자. 어차피 이곳까지 와서 그냥 되돌아간다는 것은 말이 안 되는 일 아닌가?"

"뭐, 그건 그렇지."

카미엘은 캐스퍼에게 의견을 물었다.

"어떻게 생각해요?"

—만약 지금과 같은 상황이 반복된다면 그곳에 고립될 가능성이 높습니다. 하지만 어차피 되돌아오는 길도 충분히 힘들어요. 차라리 새로운 퇴로를 찾아보는 것도 하나의 방법이라고 생각합니다.

"그러니까 출구를 찾는 김에 탐사를 계속한다는 뜻인가요?"

—생존이 보장된 상태에서 천천히 이동한다고 가정했을 때이지만요.

카미엘은 그의 의견에 따르기로 했다.

"그래, 모두의 의견을 수렴하여 생존을 위한 탐사를 계속한다."

"이곳부터는 암흑천지라 위성지도를 따라서 움직일 수밖에 없겠군."

"그러니 특별히 더 조심해야지."

이제부터는 캐스퍼가 정말 이들의 눈이 되어줄 것이다.

—그럼 시작하겠습니다. 대장님께서 앞장을 서고 그 뒤에서 어깨를 잡아 대열을 정비하는 것으로 하시죠.

"들었나? 모두 기차놀이를 즐겨보자고."

카미엘을 필두로 일렬로 늘어선 일행은 최대한 가까이 거리를 좁혀 서로의 어깨를 잡아주었다.

이렇게 해주면 앞사람이 멈추어 서거나 출발할 때를 미리 알게 되기 때문에 조금 더 신속한 대응이 가능해진다.

캐스퍼는 아무런 정보도 없는 캄캄한 정글에서 살아남을 수 있도록 신속하게 정보를 전달해 주었다.

―5미터 앞에서 아주 작은 늪지대를 만나게 될 가능성이 높습니다. 조심하세요.

"입감."

카미엘은 그의 말처럼 아주 천천히 바닥을 발로 비비면서 전진하였다.

꿀렁!

캐스퍼의 예상대로 카미엘은 자신의 앞에 도사리고 있는 늪지대를 발견하였다.

"…잠시 대기. 이대로는 앞으로 나갈 수가 없겠어."

"하지만 이대로 가만히 대기하고 있다간 몬스터의 먹이가 될 수도 있어."

"이럴 바엔 차라리 동굴에서 조금 쉬었다가 출발하도록 하지."

카미엘은 캐스퍼에게 동굴의 유무에 대해서 물었다.

"근방에 사람이 쉴 수 있는 동굴이 있겠습니까?"

─잠시만 기다리세요. 지형이 워낙 복잡해서 시간이 좀 걸릴 수도 있어요.

"알겠어요."

발록 용병단은 캐스퍼가 동굴의 위치를 파악하는 동안 계곡을 엄폐물 삼아서 주변을 경계하고 있었다.

그런 그들의 귓가로 아주 시원한 바람 소리가 들려왔다.

부우웅!

순간, 카미엘은 화들짝 놀라서 하늘을 바라보았다.

그곳에는 마치 장어처럼 유연하고 유령처럼 조용한 중형 몬스터들이 줄을 지어 날아가고 있었다.

"…허, 허억!"

"저건 또 뭐야?"

지금껏 수많은 몬스터를 보면서 살아왔다고 자부하는 카미엘로서도 알 수가 없는 저 비행형 몬스터는 보는 것만으로도 위압감을 불러일으키기에 충분했다.

캐스퍼는 발록 용병단에게 그 자리에서 서쪽으로 이동할 것을 지시했다.

─북쪽에 사람 몇 명 들어갈 만한 동굴이 있기는 합니다. 입구를 막고 숙영을 펼친다면 충분히 잠을 잘 수 있을 겁니다.

"이곳에서 얼마나 걸립니까?"

─대략 한 시간쯤 걸릴 겁니다. 그래도 그곳에 가만히 서 있다가 괴물에게 잡혀먹는 것보다는 훨씬 나을 것 같네요.

"알겠습니다. 그럼 일단 그곳으로 가겠습니다."

발록 용병단은 캐스퍼가 지정한 위치까지 신속하게 이동하였다.

*   *   *

제주도 남부로 실버 나이프의 전초기지를 세우는 건설 전문가들이 도착하였다.

그들은 몬스터 코어와 티타늄을 섞어서 소형 군수공장과 용병들의 임시 막사를 세우는 일을 한다.

또한 몬스터들의 침공에 대비하여 방호벽을 세우고 대공화망과 포대 등을 설치하여 기지를 요새화시킬 수 있는 능력이 있었다.

원래대로라면 이곳에 전초기지를 세우는 것은 불법이지만 유엔조사단은 전투를 목적으로 온 것이 아니기 때문에 요새를 건설하는 것은 불법이 아니었다.

건설 전문가들은 전투를 위한 사령부와 위성 수신기 등을 짓고 그곳에 상황실을 꾸렸다.

캐스퍼는 전초기지로 파견 나온 작전 관리자 다섯 명에게 조사단의 인력을 대거 충원해야 할 필요에 대해 설명하였다.

"현재 출몰 지역 깊숙한 곳으로 두 개의 탐사 팀이 들어갔습니다. 한 팀은 지금 행방불명이고 한 팀은 간신히 엄폐물을 찾아서 휴식을 취하고 있습니다."

"상황이 많이 나쁜가요?"

"어쩌면 제주도 전체가 몬스터로 인해 타격을 받을 수도 있겠어요."

그는 작전 관리자들에게 지금까지 촬영된 영상을 보여줌으로써 사태의 심각성에 대해 상기시켜 주었다.

영상을 접한 관리자들은 자신들이 생각한 것보다 훨씬 사태가 심각하다는 것을 절감하였다.

"…잘못하면 아예 제주도 전체가 몬스터 소굴로 변할 수도 있겠는데요?"

"사태가 이 지경인데 한국 정부는 지금 뭐 하고 있는 거죠?"

"의회에서 의사 타결이 지연되는 바람에 군부대의 투입이 늦어지고 있는 겁니다. 현재 유엔에서 한국에 투입 권고를 조치했습니다만 듣지를 않는군요."

"정신 나갔군. 지금 당파 싸움이나 하고 있을 때가 아닐 텐데."

"그러게 말입니다."

제주도는 현재 중국과 일본, 더 나아가선 동남아와 유럽을 이어주는 허브이기 때문에 이 문제는 비단 한국만의 문제가 아니었다.

교역 거점을 잃는 순간 엄청난 손실이 있는 것은 타국 역시 마찬가지이기 때문이다.

몬스터의 창궐 이후 바다의 지각변동이 일어나서 일정한 항로가 아니면 운행이 불가능해졌다.

만약 항해사가 실수로 항로를 조금이라도 벗어난다면 꼼짝없이 몬스터의 먹이가 되고 말 것이다.

더구나 섬이나 군도가 많은 항로에는 이미 몬스터가 서식하고 있기 때문에 항로를 잡기가 더 까다로웠다.

가까스로 몇 개의 섬을 인간이 정리하면서 항로를 정립했기에 망정이지 그렇지 않았다면 지금쯤 해상무역은 꿈도 꾸지 못할 것이다.

이러한 경로 중앙에 있는 곳이 바로 제주도이며, 이곳에서부터는 육로 운송이 가능하기 때문에 물류비용의 엄청난 절감이 이뤄진다.

현재 한국과 북한의 전략 철도 개통이 거의 타결 직전에 이르렀기에 향후 몇 년 후엔 훨씬 더 저렴한 가격에 교역이 가능할 것이다.

그런데 지금 이 시점에서 제주도가 점령당하게 되면 아주 난감한 상황이 벌어지게 된다.

세계 각국의 상선회사와 물산회사들이 한국 정부의 결단을 촉구하고 나섰으나 여전히 그들의 결정은 오리무중이었다.

지금 이런 상황에서는 아공간을 찾아내어 파괴시키는 등의 행위가 이뤄지지 않으면 큰 재앙이 벌어질 것이 분명했다.

캐스퍼는 이곳으로 추가 탐사 인원을 보내는 것이 옳다고 주장했다.

"수렵 전문가들을 파견하는 것이 옳다고 생각합니다."

"으음……."

"하지만 우리가 추가로 인원을 파견하게 된다면 추가 피해를 생각하지 않을 수가 없습니다."

"그렇지요. 아무래도 현재 투입된 인원 말고 또 다른 인원이 파견됨에 따라 생기는 위험부담을 감수하지 않을 수는 없지요."

"그런 가운데 추가 파견을 하자고요?"

캐스퍼는 이번 임무에 가장 최적화된 전문가들을 파견하자고 제안했다.

"팬텀의 투입을 고려해 봅시다."

"팬텀!"

팬텀은 주로 잠입이나 요인 암살에 투입되는 인원인데, 카오스슈트라는 특수한 장비를 다룰 수 있었다.

카오스슈트는 특수 탄소섬유와 스텔스 물질 등을 섞어서 만든 옷인데, 자체 스텔스 기능과 소음 여과 장치가 달려 있어서 그 어디에도 흔적을 남기지 않는다.

특히나 자체 스텔스 기능을 유지시키는 전파교란기는 몬스터의 시야와 더듬이의 기능을 무력화시키기 때문에 몬스터를 따돌릴 수도 있었다.

그렇지만 팬텀이 이곳으로 파견되기 힘든 이유는 섭외 자체가 상당히 까다롭기 때문이다.

워낙 초야에 숨어 사는 암살자들인지라 그들을 찾아내어 임무를 하달하는 데까지 걸리는 시간은 평균 보름에서 한 달 사이이다.

미리 일정을 잡아놓고 그들을 섭외하지 않는 한 팬텀을 전장으로 불러들이는 것은 불가능했다.

하지만 캐스퍼에겐 그들을 한 방에 불러낼 수 있는 좋은 방안이 하나 있었다.

"이전 제 능력 밖의 일입니다만, 실버 나이프의 공식 임무에 제주도 남부의 수사와 몬스터 섬멸을 추가시킨다면 그들을 불러낼 수 있습니다. 그때엔 핫라인을 통해서 연락을 취할 수도 있거든요."

"하지만 그건 용병단장의 제량으로 가능한 일입니다. 우리 같은 말단 관리자들이 할 수 있는 일이 아닙니다."

"알아요. 하지만 사태가 이렇게 심각한데 실버 나이프가 가만있을 수는 없습니다. 단장님께 우리가 건의를 드릴 수 수밖에요."

"흠, 과연 통할까요?"

"저 안에는 소중한 인적자원이 많이 투입되어 있습니다. 사람의 생명이 달린 일인데 욕 몇 마디 먹는 것이 별 대수겠습니까?"

"하긴, 그건 그렇군요."

"그럼 우리가 이번 작전을 철저히 분석하여 보고서를 작성하면 그것을 제가 직접 전달하고 오겠습니다."

"좋습니다. 한번 해봅시다."

캐스퍼와 작전 관리자들은 머리를 모아 작전을 분석하기 시작했다.

* * *

다음 날, 캐스퍼는 제네바에 위치한 실버 나이프 본부를 찾아갔다.

그는 실버 나이프 용병단장 솔로몬 이스트레인에게 제주도 남부의 분석 자료를 건넸다.

솔로몬 이스트레인은 캐스퍼가 건넨 자료를 아주 자세히 읽어보았다.

보고서는 현재 제주도 남부에서 벌어지고 있는 사태는 비단 한국만의 문제가 아니고 잘못하면 유라시아를 넘어서 중동까지 잠식당할 수 있음을 시사하고 있었다.

올해로 65세가 되었지만 여전히 현역 용병으로 일하고 있는 솔로몬 이스트레인은 팬텀을 이끄는 리더이기도 했다.

평소에는 각종 몬스터 토벌 임무에 투입되면서 현장을 지휘하고 직접 사냥에 나서고 있으나 핫라인이 가동되거나 팬텀이 꼭 필요한 임무가 떨어지면 동료들을 모아서 출격하곤 했다.

원래는 팬텀을 모으는 일 역시 작전 관리자가 해야 할 몫이지만 긴급도가 높은 작전의 경우엔 리더가 직접 나서기도 했다.

솔로몬 이스트레인은 잠시 고민에 빠져들었다.

"팬텀은 잠입을 위해 최적화된 암살자들이지만 전면전에는 취약하다. 그런 상황에서 그런 엄청난 전장으로 진입한다는 것은 위험부담이 큰 것이 사실이다."

"하지만 일반적인 장비와 역량으로는 그곳을 탐사할 수가 없습니다."

"흐음."

"물론 팬텀을 잃게 되면 실버 나이프로선 엄청난 손실입니다만, 지금까지 발록 용병단이 보여준 역량 역시 무시할 수가 없습니다. 비전투로 얼마나 살아남을 수 있을지 의문이고요."

"결국 인력 때문에 인력이 투입되는 상황이로군. 잘못하면 개미지옥이 될 수도 있어."

"알고 있습니다."

솔로몬은 과연 무엇이 조직을 위하는 일인지 깊이 생각해 보았다.

"그곳에 전초기지를 세워두었나?"

"예, 그렇습니다."

"우리가 투입된다는 것을 한국 정부에서도 알고 있나?"

"조사단의 파견에 협조하였습니다."

그는 무엇이 실버 나이프를 위한 것인지 결정하였다.

"좋아, 이틀 내로 우리가 투입하겠다. 구조대는 현 위치에서 철수하여 사령부에서 대기할 수 있도록."

"예, 알겠습니다."

이제 솔로몬은 최선을 다해 팬텀을 소집하게 될 것이다.

팬텀의 투입이 결정되면서 발록 용병단은 현 위치에서 퇴각하여 대기하기로 하였다.

원래 발록 용병단의 전문 분야는 인명 구조나 잠입이 아니었기 때문에 나머지의 일은 전문가에게 맡기는 편이 낫다고 판단한 것이다.

이른 아침, 카미엘은 이곳에서 안전 지역으로 나가는 가장 빠른 루트를 하달 받았다.

―서쪽으로 약 1㎞ 이동하면 폐쇄된 병원이 하나 나옵니다.

그곳을 따라서 대략 30분만 구보하면 군부대가 있을 겁니다. 군부대까지만 당도하면 생존에는 큰 문제가 없을 겁니다.

"1㎞라……. 쉽지는 않겠군요."

—물론 쉽지는 않습니다. 하지만 오늘 안에 탈출할 수 있을 테니 걱정하지는 말아요.

지금까진 1㎞를 이동하는 데 하루 종일 걸렸지만 이제는 위험지역을 감지하는 요령이 생겨서 그런대로 도망칠 수는 있었다.

카미엘은 용병단을 이끌고 탈출을 감행하기로 했다.

그는 디지털 지도를 펼쳐 용병단이 밟아야 할 루트에 대해서 설명하였다.

"이제부터는 수색이고 나발이고 뒤도 돌아보지 않고 달려야 한다. 그러니 잡다한 것에 신경 쓸 겨를이 없어. 만약 몬스터와 맞닥뜨리게 되더라도 멈추지 말고 전진할 거야."

"무작정 앞으로만 나간다는 소리군."

"그것 말곤 답이 없어."

"흠……"

"한 번 더 강조하지만 우리의 목적은 탈출이다. 괜히 이곳에서 시간을 버릴 필요가 없다는 거야."

"오케이. 잘 알겠어."

방패를 든 카미엘이 앞장을 서고 단원들이 그 뒤를 바짝 따랐다.

*　　　　　*　　　　　*

 늦은 밤, 교도소에도 어둠이 내려앉았다.

 모두가 깊게 잠든 시각에도 교도관들은 복도를 돌아다니면서 감시를 펼치고 있었다.

 뚜벅뚜벅.

 조필규 역시 코까지 골면서 푹 퍼져 잠에 빠져 있었다.

 "드르렁!"

 한참을 그렇게 잠에 빠져 있던 조필규의 머리 위로 검은 그림자가 드리워져 왔다.

 교도관이 밖을 지키고 있는 가운데 그림자가 무명실을 하나 길게 늘어뜨렸다.

 스윽.

 제아무리 교도관의 시력이 좋아도 지금 이 상황을 캐치하기란 쉽지 않을 듯했다.

 잠시 후, 무명실에서 무색무취의 물방울이 떨어져 조필규의 입으로 들어갔다.

 "드르렁, 푸⋯⋯."

 신나게 코를 골고 있던 조필규의 목구멍으로 물방울이 넘어가면서 침과 섞여 화학반응을 일으켰다.

꼬르르르!

순간, 조필규는 자신의 목덜미가 꽉 막히는 느낌을 받으면서 잠에서 깼다.

"커, 커허어억!"

하지만 그는 목이 거품으로 가득 차 도저히 소리를 낼 수가 없었다.

더군다나 거품에는 단 한 방만으로도 코끼리를 기절시킬 수 있는 마비 약품이 섞여 있었기 때문에 그의 몸은 서서히 굳어가고 있었다.

"…커……."

그가 숨을 거두려는 찰나, 검은 그림자가 내려와 귓가에 속삭였다.

"…맛보기다. 아마 다음에는 겁주는 것으로 끝나지 않을 것이다."

검은 그림자는 이내 그의 목덜미를 막고 있던 거품을 손가락을 이용해 꺼내주었다.

그러자 그의 숨통이 트이면서 손발이 서서히 풀려났다.

"허억, 허억!"

자리를 박차고 일어선 그는 자신의 목덜미에 몹쓸 짓을 한 자를 찾아다녔다.

"이, 이런 씨발! 어떤 개새끼야?! 교도관! 교도관! 여기 문제가 발생했어!"

"…뭐? 무슨 문제가 발생했다고 그래?"

"누가 나를 죽이려 했다고!"

"뭐라고?"

덕분에 잠에서 깨어난 죄수들이 눈을 비비며 그를 바라보았다.

"…형님, 무슨 일이십니까?"

"어, 어떤 개자식이 나를 죽이려 했단 말이다!"

"예? 그게 무슨 말씀이십니까? 다들 잘 자고 있었는데 말입니다."

"아니야! 분명 누군가 내 목덜미에 마취 거품을 마구 구겨 넣어 죽이려 했단 말이다!"

교도관은 안전 요원들을 호출하였다.

위이이잉!

상황실에 비상이 걸렸고, 야간 근무를 서고 있던 안전 요원 15명이 내려왔다.

교도관은 감방의 문을 열어 죄수자들에게 수갑을 채웠다.

"모두 벽을 보고 서라!"

"…예."

이러는 동안에도 조필규는 연신 옆을 둘러보며 외쳤다.

"이런 씨발! 이 새끼들, 감히 나를 담그려고 들어?! 이러고도 무사할 것 같으냐?!"

"무슨 말씀이십니까? 저희들이 왜 형님을 담근단 말입니까?"

"닥쳐! 네놈도 믿을 수 없다! 닥치고 가만히 있어!"

"……."

이곳 감방에 있는 사람들은 조필규보다 훨씬 먼저 들어왔고, 형량이 기본 10년도 넘게 남은 죄수들이었다.

그런 그들이 조필규를 형님 대접을 해주는 것은 감방장이 조필규의 예전 부하였기 때문이다.

지금까진 조필규를 형님으로 떠받들고 있었으나 살인미수 혐의를 덮어씌우려는 조필규가 달갑게 보이지는 않을 것이다.

거의 미쳐서 날뛰는 조필규를 바라보는 그들의 눈빛이 날카롭게 빛난다.

"방장님, 아무래도 이건 좀 아닌 것 같습니다."

"…뭐야?"

"아무리 방장님의 형님이라고 해도 우리를 살인자로 몰다니 말도 안 됩니다."

감옥에서 모범수로 지내면 형량이 감면되기도 하고 죄질에 따라서는 조기 출소가 결정될 수도 있었다.

그리고 그 무엇보다도 광복절, 추석 등의 명절에 특사를 내보내기 때문에 모범수 선정은 죄수들에게 아주 중요한 요인이었다.

특히나 이 감옥에는 모범수 선정에 해당되는 사람이 대부분이라서 다음 특사에는 분명 좋은 소식이 들릴 것이라 기대하고 있었다.

그런데 이렇게 살인미수 사건이 불거지게 되면 사건의 사실 유무를 떠나서 감방의 이미지가 나빠진다.

그럼 모범수고 나발이고 지금까지 그들이 노력한 모든 것이 물거품이 되고 마는 것이다.

교도관들도 이 감방의 죄수들이 쓸데없이 사람을 죽이려 했다는 사실이 믿기지 않았다.

"그나저나 의외로군. 지금까지 10년 동안 단 한 번도 말썽을 피운 적이 없는 감방인데 말이야. 너희들은 심지어 그 흔한 신고식도 안 하잖아?"

"…그러게 말입니다."

누가 뭐라고 했든 간에 조필규는 여전히 씩씩거리며 주변을 둘러보며 소리쳤다.

"씨발! 그럼 내가 헛것이라도 보았다는 소리야?!"

"그럴 수도 있지요. 가위에 눌리는 일이 어디 한두 번입니까?"

"…뭐, 이 새끼야?!"

교도관이 조필규를 제지하였다.

"조용히 해라. 왜 괜히 가만히 있는 사람을 잡나?"

"제, 제가 가만히 있는 사람을 잡다니요? 말도 안 되는 소리입니다!"

"그럼 이 녀석들이 정말 살인을 시도하기라도 했단 말이야?"

"물론이죠!"

잠시 후, 안전 요원들이 수색에서 발견된 이상 유무를 보고하였다.

"이 방에는 그 흔한 야한 잡지 하나 없습니다. 아주 깨끗합니다."

"그래?"

조필규는 이제 역으로 궁지에 몰리게 되었다.

"3147번."

"예, 예?"

"이감이다."

순간, 조필규의 눈이 휘둥그레졌다.

"예, 예?! 아무리 그래도 이 한 번으로 이감은 좀⋯⋯."

"어쩔 수 없지. 네가 그렇게 날뛰는데 더 이상 이곳에 둘 수는 없는 노릇 아닌가?"

교도관은 그를 원주로 옮기기로 했다.

"내일 아침에 교도장님께 말씀드려서 너를 원주로 옮겨주마. 그곳에선 잘 지내길 바란다."

"⋯그, 그게 아니고⋯⋯!"

잠시 정신이 나간 조필규가 퍼뜩 제정신으로 돌아왔다.

"아, 아닙니다! 제가 잠깐 미쳤었나 봅니다!"

"정말?"

"…물론입니다."

"좋아, 그럼 이번 한 번만 지켜보겠어. 한 번 더 이런 일이 발생하면 바로 이감이다. 알겠나?"

"예!"

원주 교도소는 조필규가 조직원 생활을 할 때 적대 관계에 있던 상대편 조직원들이 우글거리는 곳이다.

아마 그곳으로 이감이 된다면 채 일주일도 못 버티고 죽을지도 몰랐다.

조필규는 감방의 동료들에게 꾸벅 고개를 숙였다.

"미, 미안하다! 내가 잠깐 정신이 나가서……."

"다음부터는 그러지 마십시오. 감방 안에서의 이상 행동은 좀……."

"…안다. 자중할게."

한순간에 감방의 최하위층으로 전락하게 된 조필규다.

*　　　　　*　　　　　*

며칠 후, 조필규에게 또다시 스칼렛이 찾아왔다.

그녀는 조필규에게 미소를 지으며 말했다.

"어때, 죽다가 살아난 기분이?"

"…이년, 정말 뒈지고 싶어 환장한 거냐? 감히 감방에서 사람을 죽이려 들어?!"

스칼렛은 실소를 흘렸다.

"후후, 그러게 내가 뭐라고 그랬어? 사람 말을 잘 들어야 한다고 했지?"

"난 여자라고 봐주는 법 없다. 정말 인정사정 볼 것도 없이 한번 두들겨 맞아봐야 정신을 차리지?"

그녀는 고개를 내저었다.

"으음, 정말 이러기야? 내가 마음만 먹었으면 네놈은 지금쯤 저세상을 구경하고 있을 거라고. 생명의 은인에게 이럴 수가 있나?"

"…퍽이나 고맙겠군. 다짜고짜 사람의 기도를 막아 죽이려 했는데 너 같으면 고맙겠나?"

"그러니까 좋은 게 좋은 거라고 했잖아. 내가 말했을 때 한번에 들었으면 얼마나 좋아?"

"……."

"이젠 감이 좀 올 것이라고 생각해. 만약 한 번만 더 튕기면 그땐 죽음보다 더한 고통을 안겨줄 테니까."

"완전 사이코패스군. 세상에 너같이 지독한 년이 또 있을까?"

"후후, 이런 미모에 미친년은 별로 없지."

그는 결국 스칼렛의 회유에 넘어가고 말았다.

"…좋아, 네년의 말대로 해주지. 원하는 것을 말해봐."

"나는 강원도 삼척시 지하 수로 몬스터 창궐 사건에 대한 전말을 상세히 듣고 싶다. 그에 대한 해답을 줄 수 있나?"

"만약 내가 해답을 못 준다면?"

"죽는 거지, 뭐."

조필규는 실소를 흘렸다.

"허 참, 칼만 안 들었지 완전 날강도가 따로 없군그래."

"이 세상이 원래 그래. 미치지 않으면 살아남기 힘들지."

"좋아, 네년이 원하는 자료를 내어주겠다. 다만 이 일에 대한 것은 난 모르는 것이다. 앞으로 무슨 일이 생겨도 나를 걸고넘어지지는 말아줘."

"당연하지. 나는 깔 때는 무자비하게, 도와줄 때는 확실히. 이게 내 철칙이야."

"다행이군. 더 이상 나를 괴롭히지 않겠다는 것은 확실한 거지?"

"네가 사실대로 나에게 모두 다 분다면."

"…너를 속일 일은 없다. 어차피 내가 아는 선이라고 해봐야 거기서 거기인데 뭘 그렇게 아득바득 발악을 하겠나? 이 정도만으론 큰돈 만지기 힘들 것이라고 생각하고 있긴 했어. 그러니 미련도 없다."

조필규는 그녀에게 핸드폰 번호를 하나 알려주었다.

"우리 어머니 전화번호다. 가서 아들이 맡기고 간 노트를 달라고 말해."

"노트?"

"일종의 장부인데 그 안에 모든 사실이 아주 세밀하게 기술되어 있다. 물론 내가 아는 선에서의 일이지만."

"뭐, 일부분만 알아도 괜찮아."

그녀는 핸드폰 번호를 받아서 교도소를 나섰다.

*　　　　*　　　　*

그날 오후, 스칼렛은 삼척에서 염소를 키우는 조필규의 모친을 찾아갔다.

그녀는 강원도 특유의 무뚝뚝함으로 스칼렛을 맞이했다.

"…우리 빌어먹을 아들놈의 애인이라고?"

"애인은 아니고 그냥 아는 사이입니다."

"흠, 그래. 그렇게 썩어 문드러진 오징어 같은 놈이 금발의 미녀를 애인 삼았을 리가 없지."

"잘 아시네요."

조필규의 모친은 스칼렛에게 두꺼운 장부를 한 권 건넸다.

엑스파일

한글로 엑스파일이라고 적힌 장부는 대략 10㎝의 두께였다.

"이 안에 뭘 적어 넣은 것인지는 몰라도 장수가 꽤 많아. 나는 노안이 와서 잘 읽지를 못했는데 어떤 내용이 있는지 궁금하긴 하더군."

"별 시답지 않은 내용입니다. 하지만 원하신다면 읽어드릴 수는 있어요."

그녀는 실소를 흘렸다.

"훗, 재미있는 아가씨네. 이런 노인네와 농담 따먹기도 다 할 줄 알고 말이야."

"사람은 원래 누구와도 농담 따먹기를 할 수 있어요. 다만 쓸데없는 대화를 싫어하는 사람이 많을 뿐이죠."

"아무튼 우리 아들 면회도 가주고 영치금도 넣어줘서 고마워."

"별말씀을요."

스칼렛은 그녀에게 금괴 두 개를 건넸다.

"큰 건 아닙니다만, 나중에 금값이 오르면 은행에 내다 파세요. 한국은행에서 산 것이니까 파는 데 지장은 없을 겁니다."

"이런 물건을 막 줘도 괜찮아?"

"일종의 보수라고 생각하세요."

"아들 대신 받는 건가?"

"그런 셈이죠."

"후후, 그럼 잘되었군."

"그럼 전 이만."

스칼렛은 다시 차를 타고 강원도를 등졌다.

제6장

새롭게
드러나는 진실

제주도 몬스터 출몰 지역 안, 카미엘이 이끄는 발록 용병단이 출구를 찾아 진군하고 있다.

카미엘은 작전 관리자들의 안내를 받아 아주 매끄럽게 길을 찾아가고 있었다.

방패를 든 그는 이제 슬슬 나무의 숫자가 줄어들고 정글의 모습을 벗어가는 위험지역의 지형을 바라보며 안전지대가 가까워져 온다고 생각했다.

"습기가 줄어든다는 것은 앞으로 뱀과 몬스터들이 나타날 확률이 줄어든다는 소리다. 이제 거의 다 온 모양이야."

"한 절반쯤 나온 건가?"

"뭐, 그런 셈이지."

카미엘은 이대로 쉬지 않고 계속 달려 완벽하게 안전을 확보하기로 했다.

"가자."

"출발! 대열 갖추고 전방을 계속 주시해."

용병단은 서로를 도와가면서 집중력을 잃지 않도록 노력하였다.

그러나 숲을 거의 다 빠져나왔을 무렵, 카미엘 일행은 전혀 생각지도 못한 문제에 직면하게 되었다.

부우우우웅!

"자이언트 호넷?!"

"이렇게 축축한 곳에 말벌이 살 수 있나?"

"정글에도 말벌은 살잖아? 그러니 자이언트 호넷이 살아도 이상할 것은 없지."

"젠장."

자이언트 호넷은 50마리에서 최대 500마리까지 군락을 이루는 몬스터인데, 몸체가 거의 중형차만 하기 때문에 중형 군락만 형성되어도 주변이 초토화될 정도의 막대한 피해를 입힌다.

굴삭기와 맞먹는 엄청난 악력과 단단한 껍질, 거기에 거의 무한대로 재생되는 맹독 침은 장갑을 무력화시킬 정도로 지독한

독을 내뿜는다.

한마디로, 자이언트 호넷 몇 마리만 있어도 주변은 이미 상급 위험지역으로 구분될 수 있다는 소리였다.

한데 조금 특이한 것은 자이언트 호넷과 뱀파 몬스터가 함께 공존하고 있는 그림이었다.

원래 뱀파 몬스터와 곤충파 몬스터는 서로 천적 관계이기 때문에 어지간하면 공존하는 법이 없었다.

서로를 먹이로 생각하는 두 세력이 공존한다는 것은 아예 있을 수도 없는 일이었다.

그런데 이렇게 중상급의 자이언트 호넷 군락이 버젓이 뱀파 몬스터의 구역 안에 자리를 잡았다는 것은 상당히 특이한 케이스였다.

"이놈들이 암묵적으로 동맹을 맺었나? 원래 뱀파 몬스터는 인간을 제외하곤 가장 먼저 곤충파 몬스터를 잡아먹는데 말이야."

"아아, 그런가?"

"뱀파 몬스터의 세력이 크면 말벌파 몬스터들은 살아남을 수가 없어. 알이고 뭐고 다 먹어치우니까. 그런데 반대로 말벌들의 세력이 더 크면 뱀파 몬스터들이 죽어. 이놈들도 주식이 단백질이거든. 뱀도 단백질이 풍부하잖아?"

"한마디로 죽고 죽이는 관계라는 소리군."

"그런 셈이지."

"듣고 보니 정말 이상하네."

리나는 카미엘에게 또 다른 지휘 개체에 대한 의혹을 제기하였다.

"이곳에서도 몬스터를 지휘하는 개체가 있는 것 아닐까?"

"아공간을 일부러 소환하여 개체와 개체를 나누어 관리하고 있는 것이다?"

"그럴 수도 있지."

"하지만 이 정도의 규모를 갖추려면 단독으로 소환해선 답이 없어. 놈의 마나가 무제한이라면 몰라도 이렇게 많은 몬스터를 소환했을 리가 없지."

"으음, 그런가?"

카미엘이 카룬과 싸우면서 알아낸 것이 몇 가지 있는데, 그중에 하나가 바로 소환의 패턴과 한계점이다.

그는 분명 강력한 몬스터를 소환할 수 있지만 기껏 해봐야 레서 드레곤급이다.

그것도 레서 드레곤을 한 번에 한 마리씩 소환하여 싸우기 때문에 이렇게 많은 군락을 이루기란 결코 쉽지가 않았다.

그러니까 아공간을 소환해서 몬스터 군락을 이루었다면 꽤 오랜 시간을 기다렸어야 한다는 소리다.

"나도 처음엔 카룬 그놈이 이 사태를 벌였다고 생각했다. 하지만 자세히 파고들어 보니 그게 아닌 것 같아."

"그럼 자연적으로 생긴 현상이란 말이야?"

"진화에 진화를 거듭해서 생긴 자연 군락이 아니고서야 이런 규모의 위험지역이 생성되었을 리가 없지. 더군다나 반드시 몬스터가 아공간에서만 나온다는 보장이 없어. 지구에는 이미 수많은 몬스터가 서식하고 있기 때문에 이런 군락을 이루는 무리가 있다고 해서 이상할 것이 전혀 없다는 소리지."

"음, 전혀 새로운 접근이야. 지금까지 그런 생각을 해본 사람이 한 명도 없었어."

"물론 처음 그런 몬스터들이 생긴 계기는 아공간이겠지. 하지만 그곳에서 살아남아 지금까지 진화를 거듭한 개체들이 분명 있을 것이라는 얘기지."

카미엘은 자신이 살던 고향이 어떤 방식으로 멸망했는지 너무나도 잘 알고 있었다.

몬스터들은 끝도 없이 진화를 거듭하기 때문에 굳이 아공간이 열리지 않더라도 스스로를 강화시키고 더욱 강력한 군락을 이루었다.

그들이 이룬 군단은 인간의 사기와 전략과는 전혀 상관 없는 맹목적인 공격만을 주로 하는 생물이다.

한 번 전투가 벌어지면 전략을 사용할 줄 아는 머리는 없어도 결코 죽음을 두려워하는 법이 없었다.

만약 놈들에게 지성이 있었다면 인간의 영역이 사라지는 일
은 아마 없었을지도 모른다.

카미엘은 이곳으론 지나갈 수 없을 것이라고 생각했다.

그는 사령부를 호출하였다.

"아무래도 이곳으로 돌아나가는 것은 불가능하겠습니다. 다
른 경로를 찾아주세요."

—잠시만요.

한참을 검색하던 사령부는 난색을 표했다.

—큰일인데요? 그곳 말고는 딱히 나갈 수 있는 공간이 없어
요. 능선을 몇 개 넘거나 늪지대를 통과해야 하는데, 지금 그곳
으로 돌아가면 죽을 수도 있어요.

"흠⋯⋯."

—대장님께서 판단하세요. 되돌아가서 다시 기회를 노려보든
지, 아니면 그 지역을 벗어날 방법에 대해서 강구하시든지.

카미엘은 난감하기 이를 데가 없었다.

"개활지에 자이언트 호넷까지⋯⋯. 이곳을 관통했다간 꼼짝
없이 죽을 겁니다."

—그래서 선택을 하라고 말씀드린 겁니다. 그곳에서 버틸 수
있다면 모를까, 언제 무슨 일이 일어날지 아무도 모르잖아요?

"그건 그렇지요."

—아무튼 어느 쪽으로든 결정되면 말씀해 주세요. 최대한 도

움을 드리겠습니다.

"알겠습니다."

무전을 끝낸 카미엘은 일단 엄폐물을 찾아 숨고 추이를 지켜
보기로 했다.

*   *   *

늦은 밤, 카미엘은 일행을 아주 좁은 간격으로 배치한 채 전
방을 주시하고 있었다.

동료들은 카미엘의 뒤에 바짝 붙어선 채로 물었다.

"대장, 정말 이 방법이 통할까?"

"글쎄, 길고 짧은 것은 대봐야 아는 법이니 나도 앞일은 장담
할 수가 없네."

"그렇다면 작전이 실패할 수도 있다는……."

"말이 씨가 된다고 했어. 어지간하면 그런 소리는 하지 말았
으면 좋겠군."

"그, 그래."

카미엘은 수많은 영혼석 중에서도 화열귀 페이트의 영혼석
을 장착시켰다.

원래 불을 다루는 몬스터의 최강은 발록이 손꼽히지만, 사실
발록은 불길보다 그가 사용하는 마법이 위협적이다.

그런 면에서 본다면 페이트는 오로지 불을 다루는 몬스터 중에서 단연 최강이라 할 만했다.

페이트는 다른 공격은 펼칠 수 없고 화염 지옥이나 불의 장벽을 만드는 등의 능력을 가지고 있었다.

또한 불을 다루는 몬스터인 만큼 불을 자유자재로 제어하여 태우는 것과 태우지 않는 것을 구분할 수도 있었다.

카미엘은 발록 블레이드에 페이트를 강림시켰다.

화르르르륵!

강력한 불길이 카미엘의 오른손에 달라붙자 그가 검을 일렬로 내질렀다.

"흐업!"

콰아앙!

발록 블레이드가 페이트의 능력을 개방시키면서 불의 장벽이 일렬로 펼쳐졌다.

끼이이이잉!

이제 마나서클이 완벽하게 복구된 카미엘이기 때문에 지금 이와 같은 행동이 가능했다.

끼에에에에엑!

자이언트 호넷 군락은 뜬금없이 찾아온 불길의 장벽에 혼비백산하여 미친 듯이 날아다니기 바빴다.

카미엘은 자신의 발아래에 깔린 불구덩이로 거침없이 몸을 던졌다.

"간다!"

"이, 이런 빌어먹을!"

상식적으로 불길에 몸을 던져 살아남을 것이라 생각하는 사람은 드물었지만 발록 용병단에겐 카미엘의 특수한 능력에 대한 믿음이 있었다.

용병단이 불길로 뛰어들자 사람이 아주 기분 좋을 정도의 온도로 온몸을 감쌌다.

스스스스!

"오오, 좋은데?!"

"마치 살랑살랑 불어오는 따뜻한 봄바람을 맞는 느낌이랄까?"

"불길을 즐기는 것은 좋은데 너무 빠지지는 말아. 잘못해서 정신이 나간 몬스터가 불길을 뚫고 들어올지도 모르니 신속하게 움직여야 해."

페이트는 자신의 품속에 카미엘 일행을 잘 품어 보호하는 한편 자이언트 호넷의 군락을 사정없이 불태우고 있었다.

고오오오오!

점점 더 커지는 불길이 자이언트 호넷의 군락을 불태웠으나 간간이 보이는 수풀에 피해를 주는 일은 없었다.

페이트의 가장 신비한 능력이라면 바로 대상을 가려 태울 수 있다는 점이다.

불길이 몸을 감싸는 것도 좋은 느낌이었지만 눈앞이 대낮처럼 환해져서 탈출을 하는 데 전혀 문제가 없다는 것이 용병단을 즐겁게 했다.

"드디어 속 시원하게 앞을 보면서 달릴 수 있게 되었군. 도대체 이게 얼마만이야?"

"저 안쪽은 내가 불을 소환하는 데 한계가 있으니 불가능했고, 이곳은 다행히 개활지라 혜택을 받는 거야. 운이 좋았지."

잠시 후, 카미엘의 눈앞에 낡은 병원과 군대의 소초가 보였다.

그는 부대원들에게 조금만 더 힘을 내라는 제스처를 취해 보였다.

"거의 다 왔다! 이제 곧 쉴 수 있어! 힘을 내라고!"

"오오!"

발록 용병단은 벌에게 머리를 파 먹힐 뻔한 고비를 넘기고 가까스로 군부대의 소초에 닿았다.

그들은 카미엘 일행에게 암구호를 물으려다가 불길을 보곤 아연실색하여 두 손을 들었다.

"뭐, 뭐야?!"

"어서 문 열어요! 빨리!"

"부, 불길이……."

"불길?"

카미엘은 그 즉시 불길을 거두어들였다.

사라라락!

그러자 언제 불길이 창궐했냐는 듯이 사방이 아주 잠잠해졌다.

"열어요!"

"네, 네!"

병사들은 얼떨결에 문을 열었으나 아직까지 불에 타 죽지 않은 자이언트 호넷들이 카미엘 일행을 끝까지 추격해 들어오고 있었다.

끼리리리리릭!

"제기랄! 아직까지 쫓아오고 있잖아?!"

"끈질긴 놈들이군!"

카미엘은 이곳까지 오는 동안 엄청나게 긴 범위의 마법을 지속적으로 사용하였기 때문에 마력의 소모가 극심한 상태였다.

제아무리 9서클 마스터의 카미엘이라곤 하지만 마력을 보충해 줄 수 있는 수단이 마땅치 않아 더 이상 마법을 지속하는 것은 무리였다.

그는 영혼 추출기의 마력 게이지를 확인해 보았다.

잔여량: 5%

천하랑의 엄청난 영력으로도 보충하기 힘든 광범위 마법이었기에 이제 사용할 수 있는 양이 그리 많지가 않았다.

카미엘은 마지막으로 한 방을 먹여 저놈들을 돌려보내야겠다고 생각했다.

그는 페이트를 강령시킨 검을 바닥에 꽂아버렸다.

"이거나 먹어라!"

쿠웅!

페이트의 마력이 바닥을 뚫고 들어가면서 주변의 온도를 순식간에 올리기 시작했다.

끼이이잉!

그러자 말벌들이 카미엘이 서 있는 경계선을 넘지 못하고 곧장 무리로 돌아가 버렸다.

현재 이곳은 한증막처럼 바닥에서 지열이 증폭되어 올라오고 있었기 때문에 사방이 푹푹 찌는 찜통으로 변해 있었다.

말벌은 온도에 상당히 민감한 곤충이기 때문에 체온이 단 1도 올라가는 것만으로도 사망에 이른다.

자이언트 호넷은 자연 상태의 말벌을 크게 키워놓은 형태이기 때문에 놈들의 습성과 체질이 무척이나 많이 닮아 있었다.

더군다나 몸을 감싸고 있는 껍질이 단단하고 두꺼워지면서 한 번 오른 체온을 내리기란 쉽지가 않았다.

그 때문에 자이언트 호넷은 카미엘의 한 수에 밀려 후방으로 퇴각하고 말았던 것이다.

카미엘 일행은 자이언트 호넷을 따돌리곤 이내 안도의 한숨을 내쉬었다.

"후우! 정말 꼼짝없이 죽을 뻔했네."

"대장, 나는 대장을 만나지 못했으면 과연 어떻게 살았을까 하는 생각을 하곤 해."

"…새삼스럽게 뭐 그런 소리를……"

병사들은 멍하니 발록 용병단을 바라보고 있다가 이내 퍼뜩 정신을 차렸다.

"허, 험험! 어디서 온 누구십니까? 신분증을 보여주십시오."

카미엘은 유엔에서 발급해 준 신분증을 제시하였다.

"우리는 유엔사무국에서 나온 조사단입니다. 제가 알기론 유엔에서 조사단의 귀환을 알렸다고 하던데?"

"아아, 맞습니다. 이쪽으로 오시죠."

병사들은 발록 용병단을 데리고 소초의 막사로 향했다.

*　　　　*　　　　*

초소 안의 막사는 지금 난리가 나 있는 상태였다.

방금 전 일어난 산불을 진화해야 한다면서 소방차를 부르고 사단 진화 팀을 호출하려고 이제 막 폼을 잡고 있었던 것이다.

그런 불이 알아서 잦아들고 피해는 하나도 없었으니 이것이야말로 귀신이 곡할 노릇이었다.

부대는 이것을 그저 단순한(?) 초자연적 현상으로 규정해 버렸기 때문에 카미엘은 용의 선상에서 빠지게 되었다.

하마터면 온 세상에 자신의 정체를 밝히는 일이 될 뻔했지만 다행히도 병사들은 인간이 불을 소환할 것이라는 생각을 전혀 하지 않았기 때문에 일은 어물쩍 잘 넘어갔다.

그렇지만 이제부터의 문제는 자이언트 호넷의 군락이 하나가 아니라는 점이다.

군부대가 알기로 이 근방의 군락만 무려 15개에 달하고 그 숫자가 대략 5천 마리로 추산한다는 것이다.

그중에 하나가 없어지긴 했지만 그렇다고 해서 자이언트 호넷이 사라지는 것은 아니니 그곳에서 살아남은 자이언트 호넷에 대한 처리도 문제였다.

카미엘 일행은 자신들이 불을 질렀다는 것을 함구하였고, 군부대는 이제부터 이 문제가 사단의 문제로 넘어왔다고 여겼다.

설마하니 사람이 그 엄청난 불을 저질렀다곤 상상조차 하지 못한 것이다.

결국 산불 발생 하루 만에 사단본부에서 조사관이 파견되었고, 그 뒤를 이어 포병연대장이 직접 시찰을 나오게 되었다.

포병연대장은 이곳에 포대를 파견하고 대공화망을 구성하는 것이 최우선 과제라고 역설하였다.

그는 아직도 붕붕거리면서 제공권을 장악하고 있는 자이언트 호넷을 데드라인 바깥으로 밀어내야 한다고 주장하였다.

"이대로 가만히 내버려 두면 놈들이 활개 치고 우리의 방어선을 넘보게 될 것이다. 그렇게 되면 사태를 걷잡을 수 없게 될지도 몰라."

"하지만 연대장님, 우리에게 주어진 병력이 얼마 없습니다. 지금 저놈들이 흥분해서 다른 군락까지 불러오게 되면 저지선이 그냥 뚫릴 수도 있습니다."

"흠……."

포병연대장 장수필 대령은 이대로 가만히 앉아서 당하고 있을 수는 없다고 판단하였다.

"사단사령부에 연락하여 병력을 투입하는 방안에 대해서 강구해 봐야겠군."

"하지만 이곳으로의 군부대 투입은 아직 결정된 사안이 아니지 않습니까?"

"다른 부대는 그렇지. 하지만 제주도 내에 주둔하고 있는 부대의 통솔은 제주도 11군단장의 권한이다. 제주도 군단장은 공군의 파견 병력과 해군, 해병대 파견 병력을 통솔할 수 있는 권한이 있다. 이것은 제주도에 타 부대가 투입되지 못하는 것과는 또 달라. 자치도 내에 1급 상황이 발생하면 군부대가 움직일 수 있거든."

"으음, 그렇습니까?"

"내가 사단사령부에 보고를 올리면 사단장님께서 군단장님과 상의해서 군부대를 투입하게 될 것이다. 그럼 최소한 이곳 서부 지역은 탈환할 수 있게 되겠지."

잠시 후 소초장실로 카미엘이 들어섰다.

장수필은 카미엘을 아주 반갑게 맞이하였다.

"오오, 반갑습니다! 발록 용병단이 유엔에 소속된 것은 알고 있었습니다만 제주도까지 내려오신 줄은 몰랐습니다."

"저희들을 아십니까?"

"잘 알지요. 한국 최초의 사설 용병단인데 모를 리가 있습니까?"

"그렇군요."

"아무튼 잘되었습니다. 조사관이라고 해서 그냥 몬스터 전문가라고만 생각했지 발록 용병단이라곤 전혀 상상도 못 했습니다. 이렇게 수렵 전문가가 함께하니 천만다행이라고 생각합니다."

"그게 무슨 말씀이신지요?"

카미엘은 장수필이 군단을 움직여 이곳을 타격할 것이라는 사실을 전했다.

그러자 카미엘은 반색하며 말했다.

"그런 법이 있었다니 진즉 상의를 해야 했습니다. 지금 저 숲

안에는 말도 안 되는 양의 개체들이 살고 있습니다. 이대로 두었다간 무슨 일이 벌어질지 아무도 몰라요."

"으음, 그렇군요."

"제가 추산하기론 저 안에 있는 몬스터의 숫자만 수십만에 이를 겁니다."

"그, 그렇게 많습니까?"

"해군과 공군의 폭격이 이뤄지고 포병과 보병의 무차별 포격이 이어진다고 해도 승산이 있을지 없을지 알 수가 없습니다."

"흠, 사태가 좀 심각한데요?"

"지금 정부가 무슨 생각으로 저렇게 유유자적한지 모르겠습니다만, 이대로 시간이 조금만 더 흘러도 제주도는 전멸입니다."

장수필은 카미엘의 말에 따르기로 했다.

"좋습니다. 그럼 지금 당장 군단장님을 만나서 건의해 보겠습니다. 같이 가주시겠습니까?"

"그러시죠."

카미엘은 유엔 조사관 신분으로 제주도 제11군단 사령부로 향했다.

*　　　　*　　　　*

제주도 북부에 위치한 11군단 사령부로 카미엘과 장수필이 찾아왔다.

11군단장 백성식 중장은 카미엘이 지금까지 경험한 모든 것이 담긴 동영상을 확인하곤 깊은 신음을 흘렸다.

"…너무 심각한데? 사태가 이렇게 될 때까지 지켜보았다는 것이 민망할 정도야."

"지금이라도 병력을 파견해야 합니다. 군단장님께서 이 사태를 제주도 도지사에게 알리면 금방 승인이 떨어질 것이라고 생각합니다."

"그래, 이 영상을 본 그 어떤 사람이라도 가만히 있지는 못할 테지."

백성식은 장수필에게 11군단에게 주어진 특권에 대해 설명하였다.

"우리 11군단은 제주자치도의 존립을 저해하는 사건이 벌어지면 즉각 군을 출동시키고 도지사에겐 선 조치, 후 보고를 할 수 있는 권한이 있다. 물론 이것은 오로지 몬스터나 적대 세력의 등장에 한하는 것이다. 지금은 그 상황과 일치하니 해군과 공군을 투입시킬 수 있을 거야."

"그렇다면 저희 포병 여단은 어떻게 하면 되겠습니까?"

"지금 당장은 저놈들의 심기를 건드리기보다는 적당히 방어하면서 양동작전을 준비해야 한다. 일단 방어진지를 아주 정교하게 구축하면서 공격을 준비해야 한다. 그렇지 않으면 힘들어."

카미엘은 백성식에게 실버 나이프의 개입을 요청하였다.

"방어진지는 우리가 구축하겠습니다. 자원만 지원해 주신다면 세계 최고 수준의 전초기지를 완성시킬 수 있습니다."

"으음, 유엔의 전문가들이 나서준다면 우리가 고맙지. 그래주시겠소?"

"물론입니다."

"좋소, 그럼 우리가 가진 자원을 다 털어서 넘길 테니 그곳에 방어진지를 건설해 주시오."

"예, 알겠습니다."

백성식은 카미엘에게 걱정스러운 말투로 물었다.

"그나저나 1차 조사단이 아직 그곳에서 빠져나오지 못했다고 하지 않았소? 그들의 목숨은 어쩌고 공격을 감행한단 말이오?"

"그건 걱정하지 마십시오. 지금 유엔에서 엘리트 조사 집단이 도착할 예정입니다. 그들은 반드시 이번 임무를 완수해 낼 겁니다. 방어진지가 구축되는 동안 탈출할 수 있는 충분한 역량을 갖추고 있습니다."

"그것 참 반가운 소식이로군. 그렇다면 내가 한 가지만 더 부탁합시다."

"말씀하십시오."

"듣기론 유엔에도 용병 부대가 있다고 하던데, 그들을 우리도 고용할 수 있겠소?"

"군단사령부에서 말입니까?"

"아시다시피 한국의 군법에는 사설 용병단을 고용할 수 있는 법이 존재하고 있소. 그러니 우리가 긴급으로 저놈들을 타격할 때 용병단을 고용하여 함께한다고 해도 문제가 될 것이 전혀 없는 것이지."

"추후에 논란이 되지 않겠습니까?"

"논란이 될 수도 있지만 지금은 그런 것을 따질 상황이 아니라고 생각하오."

"으음, 알겠습니다. 제가 다리를 놓아드리지요. 어차피 오늘 저녁을 기해 단장이 도착하기로 했으니 얘기를 나누어보시지요."

"고맙소. 전 세계적인 수준의 용병단이 함께한다면 훨씬 부담이 덜어질 테니 작전의 대성공을 기대해도 되겠군."

이로써 꽉 막혀 있던 제주도 남부 타격전이 시작되려 하고 있다.

*　　　　*　　　　*

제주도 11군단장 백성식이 결단을 내리자마자 군단은 신속하게 포병, 공병, 해군, 공군이 공조하여 화망을 구성하기 시작하였다.

그들은 남부 해안에서의 해안포 사격과 동시에 함포 사격을 퍼붓는 전략을 구사하면서 포병과 박격포의 사격으로 몬스터를 포위한다는 작계를 수립하였다.

그와 동시에 보병의 상륙과 공군의 중앙 지역 폭격을 통하여 몬스터의 개체를 확 줄이고 최대한 안전하게 핵심 구역을 정리한다는 계획이었다.

이러한 공조가 이뤄지는 동안 실버 나이프 용병단장 솔로몬은 제주도 11군단과의 계약을 성사시켰다.

그는 앞으로 이틀 후 이곳으로 대략 500명 규모의 전문가를 동원하여 전투부대를 구성하고 방어진지를 구축해 주기로 했다.

이로써 타격에 대한 거의 모든 준비가 끝났다.

솔로몬은 나머지 사안들에 대해선 사무장과 차장에게 맡겨놓고 이틀간 수색을 펼치기로 했다.

그는 팬텀의 부대원들을 이끌고 몬스터 군락 안으로 잠입하여 실종자들을 수색할 계획이다.

솔로몬은 작전 관리자들에게 병력의 상륙 이후에 해야 할 일들을 지시하고 카미엘에겐 보병들과 함께 진군할 것을 명령하였다.

"발록 용병단은 전문 전투부대이니 더 이상 탐사에 동원될 필요가 없다. 그러니 보병들과 함께 포격을 피해서 진군할 수 있도록."

"알겠습니다."

"대규모 용병단이 함께 갈 것이긴 하나 그들 중에서도 실력이 뛰어난 사람들이 리드를 해야 하니 각별히 신경을 써주었으면 좋겠군."

"최선을 다해보겠습니다."

그는 카미엘에게 악수를 건넸다.

"만나서 제대로 인사를 나눌 틈도 없이 작전이로군. 아무튼 만나서 반가웠네. 작전이 끝나면 또 보자고."

"그러시지요."

이미 중장년으로 향하는 나이임에도 불구하고 솔로몬은 팬텀을 이끌고 위험지역으로 들어갈 채비를 하였다.

카미엘은 그와 함께 들어가고 싶었으나 자신이 끼어들면 방해가 될 것 같아서 가만히 있기로 했다.

"끝나면 술이나 한잔할까?"

"좋습니다."

"후후, 기대하고 있겠네."

그는 멀어지는 솔로몬의 전술 차량을 향해 손을 흔들어주었다.

*　　　*　　　*

완공된 마영신도시는 그야말로 눈부신 발전을 거듭하고 있는 중이다.

유라시아의 물량이 거의 모두 마영신도시로 들어온다는 소리가 있을 정도로 엄청난 양의 수하물이 들어오고 있으며, 현재 완성된 아파트 말고도 숫자를 헤아릴 수 없을 만큼의 다세대주택과 연립주택이 지어지고 있었다.

앞으로 이곳으로 유입될 것으로 예상되는 인구는 1년 기준으로 60만. 실로 엄청난 양이라고 할 수 있었다.

주민등록을 이전해 놓고 실거주지를 옮기지 않은 사람들만 따졌을 때 60만이니 실제론 훨씬 더 많은 인구가 유입될 예정이다.

그 때문에 벌써 원룸 촌과 다세대주택이 밀집하여 외곽을 가득 채우고 있었고 단독주택단지 역시 꽤 많이 들어선 상태였다.

거기에 마영신도시의 물류센터와 열차 허브의 역할을 해줄 마영역과 마영터미널이 완공되어 제2, 3 상권의 활성화도 신속하게 이뤄지고 있었다.

이제는 마영신도시가 제주, 부산에 이어 제3의 항구도시로 발전할 것이라는 평가도 나오고 있었다.

스칼렛은 그런 마영신도시에서도 카미엘이 전투를 벌인 격전지를 찾았다.

마영신도시 제1 아파트 단지에 들어선 그녀는 주상복합아파트에 주차를 해놓고 지도를 따라서 걷는 중이다.

또각또각.

여전히 하이힐을 고집하는 그녀는 벌써 다섯 시간째 내리 걸어 다녔음에도 피곤한 기색이 전혀 없었다.

하이힐이 생활이 된 그녀는 하이힐을 신고 멀리뛰기를 할 수 있을 정도로 익숙해져 있었다.

그렇기 때문에 어떨 때엔 군화보다 하이힐이 편하게 느껴지기도 했다.

그런 하이힐을 신고 격전지를 모두 둘러본 그녀는 이곳과 삼척이 공통점이 있다는 것을 느꼈다.

삼척은 지하 수로에 엄청난 자본이 투자되어 그것이 좌절되면 다칠 사람이 수두룩했고, 마영신도시는 이곳에 투입된 기업의 이름을 차마 나열하기도 버거울 정도로 많은 자본이 투입되었다.

만약 마영신도시의 몬스터 창궐이 대외적으로 알려졌다면 아마도 프로젝트는 좌절되어 수조 원의 자금이 날아갔을 것이다.

그러나 그것을 가까스로 막아냈기 때문에 지금의 신도시가 세워질 수 있었다.

삼척의 지하 수로도 마찬가지였다.

만약 삼척의 지하 수로가 시기적절하게 처리되지 않았다면 지금쯤 삼척은 재기 불능 상태에 빠졌을 것이다.

하지만 역으로 생각해서 두 개 모두 작전이 실패했다고 가정한다면 같은 결론이 나온다.

이 안에 엮여 있는 회사들이 줄줄이 도산하고 관련 주가는 폭락하여 휴지 조각이 될 것이 뻔했다.

한데 이 와중에도 주가가 오르는 회사들은 분명히 있고 폭락한 땅값도 언젠가는 오를 것이다.

마영신도시나 삼척시 지하 수로 예정지나 주변에 인프라가 잘 구축되어 있어서 몬스터가 사라지게 되면 또다시 각광을 받을 지역이기 때문이다.

그녀는 이 모든 것을 종합하여 한 가지 결론을 내렸다.

"이 새끼들, 공사를 치고 있던 것이군."

스칼렛은 몇 번이고 되돌아본 수집 자료에서 이와 같은 결론을 도출하게 되었다.

그녀는 이 사태로 도산한 회사들의 뒷조사를 해보았는데, 현재 이들은 도산을 하자마자 인수를 당해서 지금은 이름이 바뀐 상태였다.

그런데 재미있는 사실은 이들이 도산한 회사를 사들이기 전에 이들에게 엄청난 러브콜을 보냈고, 굳이 이들 회사가 아니더라도 비슷한 업종의 회사에게 러브콜을 보냈다가 처참히 거절 당한 과거가 있었다.

하지만 이들은 해당 회사가 도산하자마자 기다렸다는 듯이 회사를 인수하게 된다.

그러니까 이 사건의 주모자들은 앞에서 한차례 돈을 거하게 해먹은 후에 그에 관련된 회사들을 도산시켜 팔아먹은 것이다.

이중으로 돈을 해먹었으니 얼마나 배가 불렀을지는 굳이 따져보지 않아도 충분히 알 수 있는 대목이다.

그녀가 왜 굳이 마영신도시를 찾아온 것이냐면 이 사건이 삼척시의 몬스터 창궐과 아주 비슷했기 때문이다.

이제 스칼렛은 또 다른 공통점을 가진 현장을 찾아갈 생각이다.

그녀는 현재 복구 작업이 진행 중인 충북 진천의 민영화 유료 도로로 갈 예정이다.

한데 이곳에서 그녀는 구미가 조금 더 당기는 사실을 발견했다.

"이 작전을 끝낸 사람도 다름 아닌 김두이 씨로군. 이야, 대단한 사람인데? 모종의 세력이 그의 정체에 대해서 알았다면 정말 뼈도 못 추렸겠어."

스칼렛은 이제 슬슬 김두이라는 사람에 대해서 궁금해지기 시작했다.

　언젠가 기회가 된다면 함께 술자리라도 한번 마련해 봐야겠다고 생각하는 그녀이다.

제7장
혼신의 힘을
다한 공격

이른 아침, 실버 나이프의 수색대 팬텀이 위험지역 깊숙한 곳으로 이동하였다.

저벅저벅!

그들은 일전의 탐사대와는 다르게 거침이 없고 빠른 움직임으로 수풀 지역을 휘젓고 다녔다.

팬텀의 일원이 사용하는 장비는 모두 특수 제작이 된 것이라서 몬스터의 시선과 이목을 집중시키지 않는데다 소리마저 들리지 않았다.

그러니 마음먹고 총을 쏴서 머리를 꿰뚫지 않는 이상에야 그들을 발견할 일이 없었다.

솔로몬은 제1차 조사단이 출발하여 자취를 감춘 지역까지 오는 데 불과 세 시간밖에 걸리지 않았다.

일전의 조사단들이 기본 하루 반나절에 걸쳐서 온 것을 생각하면 참으로 허무한 일이 아닐 수 없었다.

솔로몬은 코드 명으로 동료들을 호출하였다.

"고스트, 현재 위치에 대해 보고하라."

—현 위치는 작전지역 섹터 2번이다.

"앞으로 섹터를 몇 개 더 거쳐야 하나?"

—자세한 것은 아직 모른다. 일단 들어가 봐야 알겠지.

"박사와 그 일행이 있을 예상 지역은?"

—이미 지나쳤다.

"흠……."

솔로몬은 이미 그들이 죽었다고 가정하는 것이 좋겠다고 생각했으나, 막상 조사단을 못 찾을 것이라 생각하니 조금 아쉬운 생각이 들었다.

"만약 조사단을 찾지 못하면 그대로 남부 해안을 따라서 탈출한다."

—입감.

팀에서 전방 수색을 담당하는 고스트의 출발 신호가 떨어졌다.

―다시 출발하겠다.

"입감."

팬텀의 리더는 솔로몬이지만 고스트가 가지고 있는 특유의 동물적 감각과 타고난 수색 능력 때문에 작전의 진행은 고스트가 좌지우지한다고 볼 수 있었다.

그의 신호를 따라서 움직이던 일행은 아주 거대한 동굴 앞에 멈추어 섰다.

―잠시 대기.

"동굴?"

고스트는 적외선 망원경을 꺼내어 동굴 주변을 살폈다.

―몬스터의 흔적이 다량 보인다. 아주 거대한 배설물과 발자국이 즐비한 것을 보니 이곳은 몬스터의 소굴이 틀림없다.

"그럼 이곳을 지나쳐 우회하는 것이 좋겠군."

이곳을 돌아서 다른 루트를 찾아보려던 일행은 고스트의 목소리에 다시 발길을 돌리게 되었다.

―잠깐, 이곳에 인간의 흔적도 보인다.

"인간?"

―군화로 보이는 발자국이 도처에 널려 있다. 그중에는 사이즈가 아주 작은 여성의 것도 있는 것 같군.

"그럼 이곳으로 조사단이 들어왔을 가능성이 있다는 소리인가?"

─이 근방으로 온 것은 확실하다. 하지만 저 안으로 들어갔다면 죽었을 가능성이 높다.

"죽었다면 시신이라도 찾아가야 하지 않겠나?"

─수색은 때론 만족스러운 결과를 얻지 못할 때도 있다. 우리의 안전이 우선이라면 지금 돌아서는 것을 추천한다.

"그렇게 하고 싶나?"

─추천한다고 했지 그렇게 하고 싶다곤 하지 않았다.

"후후, 역시."

고스트는 팀의 조사 루트를 변경시켜 동굴 안으로 들어가기로 했다.

─내가 앞장선다. 모두 동굴 벽에 바짝 붙어서 따라오도록.

─입감.

팬텀은 줄을 지어 동굴 안으로 들어갔다.

*   *   *

제주도 남부 몬스터 출몰 지역 방어 요새 건설 현장에 실버나이프의 기술자 150명이 투입되었다.

그들은 용접기나 레이저 절단기 같은 장비들이 내장되어 있는 건설 로봇을 이용하여 공사를 진행했다.

건설 로봇은 자재를 옮기거나 철골을 이어붙이는 등의 작업을 진행할 때 중장비를 사용할 필요가 없기 때문에 공사가 훨씬 더 빠르고 신속하게 끝난다.

거기다 인간의 힘으로 해야 할 일을 로봇이 대신 해주기 때문에 일반 공사 현장의 작업량의 50배에 달하는 일을 하루 안에 처리할 수 있었다.

다만 건설 로봇 안에는 건설 기술자와 기계 기술자 두 명이 탑승해야 한다는 점과 로봇의 제작비가 만만치 않다는 단점이 있었다.

하지만 그런 단점을 모두 상쇄시킬 만큼의 능률과 정교함이 살아 있기 때문에 건설 로봇은 실버 나이프에겐 없어선 안 될 소중한 자원이었다.

치지지지직!

두께 5미터에 높이 20미터의 거대한 장벽이 세워지고 그 안에 망루와 관제탑, 사격 진지, 포대가 차례대로 설치될 것이다.

장벽 안쪽에는 사령부를 비롯한 각종 소형 막사들과 간단한 건설 공장이 세워졌고, 후방에는 야포진지와 전차진지 등이 위치하여 공격과 방어를 동시에 진행할 수 있었다.

이제 장벽의 건설이 얼추 마무리가 되어가고 있음에 육해공 공조를 위한 지휘관 회의가 열릴 예정이다.

막바지 공사가 한창인 장벽으로 최고 지휘관들이 모여들었다.

현재 제주도에는 구축함 두 개 전대와 전투비행대대 두 개가

11군단에 지원, 편입된 상태다.

여기에 11군단 예하 24보병 사단과 107기계화 보병 사단, 511 기갑사단, 115포병 여단, 151방공 여단이 제주도와 남해안의 방어를 담당하게 되는 것이다.

남북이 아직도 대치 중인 상황이지만 이곳에 군단을 배치한 것은 제주도가 최후의 보루이기 때문이다.

백성식은 제주도와 대한민국의 남해안을 지키기 위한 결단으로 몬스터 선제공격을 명령하였다.

"24보병 사단은 두 개 연대로 숲을 포위하고 한 개 연대로 장벽을 방어한다. 또한 기갑사단은 포격 및 폭격 후에 진입하여 잔존 세력을 모두 척결하고 기계화 보병 사단이 그 뒤를 따른다."

"예, 군단장님."

"해군과 공군은 적절한 시기에 공조하여 포격 및 폭격을 지원하고 정찰 및 선회비행을 통하여 안전을 보장할 수 있도록."

"예, 알겠습니다."

"다만 이번 작전에서 문제가 되는 것은 비행 생명체들의 유무이다. 놈들이 비행체를 보유하고 있는 만큼 폭격에 문제가 생길 수도 있다는 소리다. 물론 우리 측 전투 헬기가 있긴 하지만 어떤 변수가 생길지 아무도 알 수 없다는 뜻이다."

그는 현재 팬텀과 연결되어 있는 무전기와 GPS 송신기를 꺼내 들며 말했다.

"지금 저 숲속에는 유엔 용병 부대의 수색 부대가 투입되어 있다. 그들이 정찰을 끝내고 돌아온 후 비행 부대의 전격 투입을 결정하겠다. 그전까진 포병과 전차로 적을 압박하고 놈들이 뛰쳐나오도록 유도한다."

"예, 군단장님."

24보병 사단장 최정호 소장이 손을 번쩍 들었다.

"그런데 군단장님, 유엔의 용병 부대와의 공조는 어떤 방식으로 운용됩니까?"

"그들은 군단사령부와 공조하여 운용한다. 우리가 할 수 없는 임무를 그들이 수행하게 될 것이며 최전방에서 적을 섬멸하는 임무를 맡게 될 것이다."

사실상 몬스터와 싸우는 전장에서 최전방이라는 것은 절반쯤 목숨을 버린다는 소리와 진배없다.

군단사령부가 기갑부대를 앞세운 것도 일반 보병들의 희생을 최대한 줄이기 위한 방책이었다.

인간이 몬스터와 맞붙는 데에서 찾아오는 부담감을 이들이 알아서 줄여준다면 군단으로선 나쁠 것 없는 선택이라 할 수 있었다.

백성식은 팬텀과의 연락이 닿으면 곧장 선제공격할 것을 선언하였다.

"전 부대에 전투태세를 갖추도록 전하도록."

"예, 알겠습니다."

이제 곧 몬스터와의 일전이 시작될 것이다.

*   *   *

의문의 동굴 안, 고스트는 이곳에 몬스터의 혈흔이 낭자한 것으로 보아 조사단이 살아남았을 수도 있겠다고 판단하였다.

─조사단이 의외로 강력했던 모양이군. 이렇게 좁은 곳에서의 전투가 쉽지 않았을 텐데 꽤 많은 몬스터를 잡았어.

"그렇다면 그들이 죽지 않았을 수도 있다는 소리인가?"

─그럴 가능성이 높다. 믿기 힘들지만 그들은 아직 살아서 탐사를 계속하고 있을 확률이 높아.

"흠……."

─조금 더 안으로 들어가 보는 것이 좋겠다.

"알겠다."

팬텀들은 고스트를 따라서 천천히 동굴 안쪽으로 걸어 들어갔다.

그런데 놀랍게도 저 안에서부터 사람의 것으로 들리는 목소리가 대거 들려오기 시작했다.

후방의 저격수들은 적외선센서를 이용하여 사격 포인트를 잡왔다.

철컥!

—고스트, 후방은 준비 끝났다.

—일단 대기.

그는 아주 신중하게 벽을 타고 걸어가 목소리가 들리는 곳까지 이동하였다.

그러자 놀라운 광경이 펼쳐져 있다.

동굴의 끝에 깎아지른 듯한 절벽이 있었는데, 그 아래로 난 높이 20미터의 협곡을 따라서 환한 불빛이 뿜어져 나오는 건물이 늘어서 있었다.

한마디로 이곳 동굴 안쪽에는 사람이 지은 것으로 보이는 건물이 줄지어 있는 것이다.

고스트는 일행을 동굴 안쪽으로 불렀다.

—세상은 요지경이라고 하더니 정말인 모양이군. 다들 이것 좀 봐.

그의 부름에 따라서 동굴 안쪽까지 들어온 일행은 놀라움을 금치 못했다.

"…이게 다 뭐야?"

"아파트인가? 무슨 아파트를 동굴 안쪽에다 지어놓았지?"

"그러게 말이야. 내가 알기론 제주도 신도시는 모두 도심이나 북부에 몰려 있는데."

바로 그때, 팬텀들의 측면으로 검은색 신형이 스윽 다가왔다.

철컥!

"…손들어! 움직이면 쏜다!"

"……?"

솔로몬은 총부리를 겨누며 다가오는 남자에게 물었다.

"…뭐 하는 놈이냐?"

"움직이면 쏜다! 가시나무새!"

"처녀귀신?"

가시나무새와 처녀귀신은 팬텀이 사용하는 아군 식별 구호인데, 이 구호에 대해서 아는 사람은 거의 없었다.

이 암구호는 작전이 끝나고 난 후 반년 이내에 폐기 처분하기 때문에 내부인이 아니면 절대로 알 수가 없는 구호이다.

솔로몬과 의문의 사내는 그제야 서로의 얼굴을 확인했다.

"제롬?"

"솔로몬!"

"죽지 않고 살아 있었군!"

"물론이지. 내가 그렇게 쉽게 죽을 사람으로 보였나?"

잠시 후, 제롬의 뒤를 이어 조사단이 줄을 지어 나왔다.

그들은 꽤나 수척해진 얼굴이었는데, 팬텀들은 조사단에게 물과 먹을 것을 주었다.

그러자 조사단은 마치 걸신이라도 들린 사람처럼 그것을 마구 먹어대기 시작했다.

"우걱우걱!"

이사벨은 고상한 여자의 체면이고 뭐고 목구멍으로 먹을 것을 마구 욱여넣다가 목이 막혀 버렸다.

"캑캑!"

"천천히 먹어요. 우리가 이곳까지 오는 동안 추격은 붙지 않았습니다. 마음 놓아도 좋아요."

"…그것 참 듣던 중 반가운 소리네요."

솔로몬은 거대한 건물 단지에 대해 물었다.

"그나저나 이곳은 도대체 뭐 하는 곳이야?"

"우리가 이곳에서 쭉 지켜보니 아무래도 몬스터를 연구하는 시설 같더군."

"연구 시설?"

"이 주변에는 생전 처음 보는 몬스터들이 즐비했어. 그래서 우리는 처음에 아공간 때문에 벌어진 일인 줄 알았지."

"그런데 이 모든 것이 인간의 작품이라는 소리야?"

"그런 셈이지."

"허, 허어!"

제롬은 현재 바깥의 상황에 대해 물었다.

"몬스터들이 숲을 뚫고 나가지는 않았어?"

"안 그래도 위험지역을 중심으로 장벽을 쌓았어. 11군단에서 이곳에 폭격을 퍼부을 것이라고 하더군."

"음, 11군단에는 비행대대가 지원 배속되어 있으니 폭격을 퍼붓는다고 해도 이상할 것은 없지. 하지만 변수가 많아. 일단 포병으로 몬스터들을 이끌어낸 후에 폭격을 준비하는 것이 좋을 것 같아."

"비행 생명체가 많이 서식하고 있나?"

"우리가 보니 지대공 능력을 가진 몬스터들이 꽤 많은 것 같았어. 비행형 몬스터들이 얼마나 높게 떠오르는지 알 수는 없지만 지대공 몬스터는 정찰용 드론을 떨어뜨릴 정도로 정교하더군."

"그렇다면 지금 당장 폭격을 퍼붓는 것은 무리겠는데?"

"일단 해안포와 함포, 야포 등으로 남쪽을 압박하는 것이 나을 거야."

그는 조사단에게 탈출을 제시하였다.

"같이 나가지."

"그럼 이곳은?"

"우선 첩보 위성으로 이곳의 입구를 감시하고 추후에 격멸조를 편성하도록 하지."

"알겠어."

팬텀은 조사단을 데리고 이곳을 신속하게 빠져나가기로 했다.

*　　　　*　　　　*

　민영화 고속도로는 한차례 몬스터 출몰로 인하여 투자금 상
환 등의 몸살을 앓았다.

　이 과정에서 민영화 고속도로에 투자한 기업 몇 개가 나자빠
졌는데, 이것을 인수한 사람이 있었다.

　스칼렛이 조사한 바에 의하면 총 10개의 중소기업, 벤처기업
을 인수한 사람의 명의가 홍치국이라고 되어 있었다.

　그런데 홍치국이라는 사람은 10년 전에 직장을 잃고 서울역
사를 전전하면서 살아가는 노숙자였다.

　홍치국의 명의 아래에 있는 회사는 모두 두 개, 등기는 있으
나 회사는 실체하지 않는 페이퍼 컴퍼니였다.

　한마디로 대포 통장에 신분증까지 사들여 유령 회사를 만들
어놓고 버젓이 기업 인수에 나선 것이다.

　아마도 이 회사들은 또다시 필요한 사람들에게 적당한 값을
받고 팔아넘길 것이 분명했다.

　스칼렛은 민영화 고속도로까지 조사를 펼치면서 한 가지 의
문점이 들었다.

　도대체 이 사람들은 어디서 어떻게 기업을 거래하면서 살아
가고 있는 것일까?

그녀는 자신의 의문점을 파헤치기 위해서 홍치국을 찾아냈다.

핸드폰도 없고 컴퓨터도 없는 그를 찾아내는 것이 쉽지는 않았지만 스칼렛은 그 누구보다 근성이 질긴 여자다.

스칼렛 무려 이틀 밤을 꼬박 지새워 가면서 홍치국을 찾아냈다.

서울역 구석에서 박스 집을 짓고 살아가는 홍치국은 자신을 찾아온 아리따운 스칼렛을 경계하였다.

"…경찰입니까?"

"경찰이요?"

"요즘 노숙자들을 쉼터로 보내는 경찰들이 돌아다닌다는 소리를 들었습니다. 당신도 그 패거리입니까?"

스칼렛은 고개를 저었다.

"아니요. 저는 경찰과는 아무런 관계도 없는 사람입니다. 그냥 당신에게 묻고 싶은 것이 좀 있어서 찾아온 것뿐입니다."

그녀는 시장에서 파는 족발과 소주 몇 병을 사서 맥주와 함께 건넸다.

"술 한잔하시죠."

"오오, 족발! 외국인 아가씨가 소맥의 맛을 아네?"

"잘 아는 것은 아닙니다. 그냥 오며 가며 조금 배웠을 뿐이죠."

홍치국은 술과 음식, 미녀에게 마음을 빼앗겼다.

"이렇게 누추한 곳에서 술을 마실 수 있겠어요?"

"사방이 뻥 뚫린 곳에선 못 드십니까?"

"그럴 리가 있나? 만약 그게 힘들었으면 노숙을 어떻게 했겠어요?"

"하긴."

그녀는 족발의 포장을 뜯고 소주를 두 병 개봉하여 그에게 한 병을 건넸다.

"잔은 쓰지 마시죠. 그냥 병으로 마시는 것이 간단하잖아요?"

"이야, 요즘 아가씨 같지 않고 소탈하네. 본관이 어디예요?"

"영국 사람입니다."

"아 참, 내 정신 좀 봐라. 하하, 외국인이었지!"

스칼렛은 박스를 한 장 깔고 자리에 앉아 소주를 들이켜기 시작했다.

꿀꺽꿀꺽!

"크흐, 쓰군!"

"정말 괜찮은 아가씨군. 굳이 얼굴이 아니더라도 충분히 매력 있어."

"그런 소리를 가끔 듣습니다."

술도 한잔했겠다, 음식도 먹였겠다, 스칼렛은 이제 본론으로 넘어가기로 했다.

그녀는 명의를 사간 사람에 대해서 물었다.

"선생님께 명의를 사겠다고 제안한 사람이 있었습니까?"

"명의?"

"신분증과 통장 사본 말입니다."

홍치국은 자신의 기억을 더듬어보았다.

"으음, 그래. 그런 사람이 확실히 있었지."

"혹시 그 사람의 얼굴이 기억나십니까?"

"만약 얼굴을 다시 본다면 기억은 나겠지. 신분증 한 장, 통장 하나를 200만 원이나 주고 사갔으니까."

"그렇지만 그에 대한 정보는 하나도 모르는 것이지요?"

홍치국은 고개를 저었다.

"아니, 그렇지는 않아. 나중에 또 팔 생각이 있으면 찾아오라고 명함을 줬어."

"명함이요?"

"이것을……."

그녀는 홍치국이 건넨 명함을 들여다보았다.

돼지네 일수

주소는 안 적혀 있고 전화번호만 달랑 적혀 있는 것을 보니 합법은 아닌 모양이다.

요즘 사회적으로 문제가 되고 있는 것이 바로 기형 일수, 일명 반불법 일수라는 것이다.

국가에서 정한 법정 최고 금리를 아슬아슬하게 지키지만 선이자를 꽤 과하게 떼고 사용 기간이 길어지면 일종의 할증도 붙는다.

한마디로 대출 수수료를 굉장히 많이 떼는 사금융이라 할 수 있지만, 한 번 돈을 못 갚게 되면 뒷감당이 안 될 정도로 악랄하게 구는 사람들이 바로 반 불법 일수업자들이다.

건달도 아니고 그렇다고 민간인도 아닌 그들은 돈이라면 사람의 목숨도 아무렇지 않게 앗아갈 위인들이다.

그렇다고 더러운 짓을 자신들이 직접 하느냐면 그것은 또 아니었다.

휘하에 반쯤 건달에 다리를 걸치고 있는 '반건달'을 끼고 다니면서 돈을 받아오도록 지시하는 것이다.

그럼 잘못해서 경찰서를 가는 일이 있어도 폭행은 반건달들이 저지른 것이고 업자는 아무런 잘못이 없는 단순 채권자가 되는 것이다.

스칼렛은 아마도 돼지네 일수 역시 그런 사채업자가 아닌가 하는 생각이 들었다.

"이 사람들, 아직도 영업을 해요?"

"당연하지. 나에게 명함을 준 것이 얼마 안 되었는데."

"으음……."

"그런데 그건 왜 물어요? 일수에 관심이라도 있나?"

"일수에는 별 관심 없습니다. 그놈들이 하고 다니는 짓에 관심이 있을 뿐이죠."

"허 참, 예쁜 아가씨가 그런 우락부락한 놈들과 어울려서 무엇 하게?"

"개인적인 일입니다."

그는 홍치국에게 5만 원짜리 지폐를 몇 장 건넸다.

"아무튼 그 술하고 족발을 가지고 여관이라도 좀 잡으세요. 거리에서보다는 나을 것 아닙니까?"

"고마워요. 뒷일까지 신경을 써주다니."

"오는 것이 있으면 가는 것도 있어야 하죠."

이윽고 자리에서 일어서려는 그녀에게 홍치국이 말했다.

"그놈들을 쫓아다니는 것은 좋은데, 너무 깊게 파고들지는 말아요. 잘못하면 크게 다쳐요."

"압니다. 하지만 괜찮습니다. 그런 일을 한두 번 당한 것이 아니니까요."

그녀는 일수업체가 있는 동대문으로 향했다.

*　　　　*　　　　*

동대문 뒷골의 허름한 상가 2층에 '돼지네 일수'라는 간판이 걸려 있다.

스칼렛은 기타 케이스를 들고 돼지네 일수를 찾았다.

똑똑.

조금 늦은 저녁이지만 일수쟁이들이 벌써 집으로 돌아갔을 리는 없었다.

"네, 들어오세요."

생각보다 친절한 목소리에 안으로 들어간 스칼렛은 돼지네 일수의 전경을 한번 스윽 둘러보았다.

일수 사무실 안에는 대략 20명의 사내가 있었는데, 하나같이 험악한 인상에 온몸에 문신투성이였다.

그녀는 꽤 무섭게 생긴 남자들 틈바구니에 앉아 있는 중년인에게 다가갔다.

"필요한 물건이 좀 있어서 왔는데 얘기 좀 할 수 있나요?"

"돈이 필요한 것이 아니고?"

"듣자 하니 여기서 대포 통장도 판다고 해서 찾아왔습니다."

중년인은 상당히 음습한 미소를 지었다.

"아하, 그렇군! 그쪽도 바카라 몇 개 돌리는 사람인 모양이지요?"

"바카라?"

"요즘 차명으로 서버 뚫어놓고 몇 개씩 돌리곤 하잖아요. 아닌가?"

대포 통장으로 할 수 있는 범죄는 상당히 많지만 가장 많이 사용되는 것이 바로 불법 인터넷 도박 사이트였다.

평범해 보이는 사이트이지만 수천만 원에서 수억 원, 많게는 수십억의 돈이 오가곤 했다.

이런 사이트들이 우후죽순으로 생기기 때문에 돼지네 일수 같은 구멍가게들이 짭짤한 수익을 올리는 것이다.

꽤나 흥미로운 얘기이지만 지금 그녀가 궁금한 것은 사행성 도박 사이트에 대한 것이 아니었다.

"대포 통장 좀 구합시다. 명의도 좀 같이."

"어떤 명의가 필요하신데요? 남자? 여자? 청년? 중년? 소년?"

"이런 사람."

그녀는 책상 위에 '알퐁스 투자신탁'이라는 이름의 명함을 올려놓았다.

"오가면서 알아보니 이 회사가 유령 회사를 몇 개 차렸던데, 이 회사의 이름을 샀으면 합니다."

"…뭐야? 경찰이야?"

"경찰은 아닙니다. 왜 사람들은 조금만 찔리는 구석이 있으면 경찰을 찾는 것일까요?"

돼지네 일수는 그녀에게 호의적이다가 이내 태도를 바꾸었다.

"반반한 년이 돈을 빌리려 왔다기에 물건 하나 건지는 줄 알았더니 실망인데? 안마방에 팔면 돈 좀 만질 텐데 말이야."

"아아, 이제 보니 인신매매도 하는군요?"

"그럼 이 바닥에서 아가씨 장사 안 하고 먹고살 수 있는 사람도 있나?"

"흠, 이 세상의 쓰레기 짓거리란 것은 죄다 벌이고 다니는군."

일이 어떻게 된 것인지는 몰라도 자신들의 뒷조사를 하러 온 사람이라면 결코 그냥 되돌려 보낼 수 없는 돼지네 일수이다.

"애들아, 잡아서 족쳐 버려!"

"예, 형님!"

건달인지 뭔지 모를 남자들이 그녀에게 몽둥이를 들고 달려들었다.

그러자 그녀는 기타 케이스의 지퍼를 열었다.

부우우욱!

그녀가 기타 케이스를 열자 놀랍게도 그 안에선 소총 한 자루가 튀어나왔다.

철컥!

"허, 허억!"

"M4A1, 제가 자주 쓰는 총입니다. 명중률이 좋지요."

"이, 이런 씨발!"

이 세상의 어떤 사람이 벌건 대낮에 소총을 들고 다닌다는 것인지, 돼지네 일수는 일제히 두 손을 들었다.

"워, 원하는 것이 뭐야?!"

"처음부터 그렇게 나와야 했습니다. 사람을 열받게 하면 어쩌자는 겁니까?"

그녀는 소음기가 달린 소총으로 일수쟁이의 허벅지를 쏴버렸다.

피융!

"커흐으윽!"

"한 번만 더 까불면 대가리를 날려 버릴 겁니다. 다시 한 번 말하지만 이 총은 명중률이 좋아요."

그냥 얘기를 들어도 상관은 없지만 총을 쏠 수 있을 것이라는 생각이 들면 거짓을 말 할 수도 있었다.

그녀는 일부러 공포 분위기를 조성하기 위해 보스로 보이는 자의 허벅지를 쏴버린 것이다.

덕분에 스칼렛의 카리스마에 질려 버린 돼지네 일수의 일원은 아까보다 훨씬 더 고분고분해졌다.

"자, 그럼 다시 질문합니다. 알퐁소 투자신탁이라는 곳의 사장이 누구입니까?"

"…사장은 우리도 몰라. 그냥 그 밑에서 심부름을 하는 놈의 얼굴 정도만 아는 것이지."

"아아, 그래요?"

그녀는 원하는 대답이 나오지 않자 그의 오른쪽 어깨에 총알을 박아버렸다.

피융!

"꺼허어억! 이런 씨발! 대답을 했는데 왜 쏘고 지랄이야?!"

"내가 원하는 답이 아니라서요. 다시 한 번 묻겠습니다. 알퐁소 투자신탁의 대표이사가 누구예요?"

"…우리가 그걸 어찌 알아?!"

"몰라요? 정말?"

"모른다고!"

그녀는 다시 방아쇠를 당겨 그의 다른 쪽 허벅지도 쏴버렸다.

퍼억!

"끄악, 끄아아아악!"

고통에 몸부림을 치는 그에게 스칼렛은 아주 초연한 표정으로 물었다.

"이번이 마지막입니다. 다시 한 번 묻겠습니다. 알퐁소 투자신탁의 사장이 누구예요?"

"…이런 씨발!"

"대답하기 싫어요? 그럼 어쩔 수 없고."

표정의 변화가 단 1%도 없는 그녀가 서서쏴 자세를 취하자 중년이 식겁해서 외쳤다.

"제기랄! 그래, 안다! 그놈의 면상을 잘 알고 있다!"

"그래요? 정말이죠?"

"…너 같으면 이 상황에서 거짓말을 하겠냐?"

"그럼 처음부터 그렇게 말했으면 좋았잖아요? 왜 거짓말을 했어요?"

"그거야……."

"괘씸하군요. 한 대 더 맞아요."

그녀는 괘씸죄로 왼쪽 어깨도 총으로 쏴버렸다.

피융!

"커허억!"

"난 거짓말하는 남자가 세상에서 제일 싫어. 그러니 총을 맞아도 싸죠. 그래도 나 같은 절세 미녀에게 맞으니 총도 좀 덜 아프죠?"

"뭔 개소리야? 이런 씨발!"

그녀는 중년에게 수첩을 건넸다.

"그 사람에 대해서 아는 대로 다 적어요. 자필로 적어요. 어깨는 못 움직여도 손목은 멀쩡하니 적는 데 불편함은 없을 겁니다."

"……."

"왜요? 한 방 더 쏴줘요?"

"…도대체 나에게 왜 이러는 거야? 예전에 사채 쓴 적 있나?"

"알 것 없어요. 그냥 적기나 해요."

일반인과는 달라도 너무 다른 그녀의 패기에 철저하게 짓밟혀 버린 그는 스칼렛이 시키는 대로 천천히 명부를 작성하기 시작했다.

제8장
공방전

　고스트의 인도를 받은 조사단이 팬텀을 따라 빠르게 이동하고 있다.

　이미 해안선을 따라서 포격이 시작되었기 때문에 그곳으로 몬스터들이 대거 몰려들어 있을 것이다.

　11군단은 팬텀과 조사단의 구조를 위해서 일부러 해안선을 포격하여 몬스터들의 시선을 잡아 끌고 서쪽에 차량을 파견하여 그들을 픽업하기로 했다.

　생각보다 대담한 전략이긴 하지만 더 이상 시간을 지체했다간 조사단은 물론이고 팬텀까지 위험해질 수 있다는 판단에서 나온 결론이었다.

조사단은 개체 수가 현저히 줄어 달리는 데 전혀 지장이 없음에 감사하고 있었다.

"이렇게 몬스터가 없으니 얼마나 좋아? 원래 숲이라면 이래야 하는 것 아니야?"

"언젠가부터 그게 더 정상적인 풍경이 되어버렸지."

"씁쓸하군."

이제는 두런두런 얘기를 나눌 정도가 된 상황에 감사의 눈물을 흘리는 이사벨이다.

"…신은 분명히 계세요. 우리가 지금까지 살아남은 것만 봐도 충분히 알 수 있는 일이죠. 이번에 집으로 돌아가면 어머니를 찾아뵈어야겠어요. 무슨 종교를 만들어주셨든 간에 저에게 피그말리온 효과를 주셨잖아요?"

"좋은 생각입니다. 앞으로는 그렇게 긍정적으로 살아요."

제롬에게 긍정의 에너지가 옮은 그녀는 이제 별의별 일에 다 감사하는 버릇이 생겼다.

사람이 긍정적으로 변하게 되면 좋은 점이 많아진다는 것을 그녀는 확실히 깨달았던 것이다.

잠시 후, 그들의 귓가에 군부대의 차량 소리가 들려왔다.

부아아아앙!

"구조대가 온 것 같아요!"

"알파, 여기는 팬텀!"

―여기는 알파. 현 위치는 어떻게 되는가?

"합류 지점 100미터 앞이다."

―입감. 그럼 우리는 사주경계를 취하면서 조사단을 기다리겠다. 부상자의 집계는?

"없다."

―알겠다.

이제 드디어 그들이 기다리고 기다리던 기갑기동대의 모습이 보인다.

수송용 장갑차에서 내린 보병들이 그들의 후방을 경계하면서 탑승을 유도하였다.

"어서 타세요! 이제 곧 포격이 시작될 겁니다!"

"네, 고마워요!"

병사들은 속속 탑승하는 그들에게 물과 음식을 나누어주었다.

"일단 전투식량이라도 좀 먹어둬요. 그동안 식사도 제대로 못 했을 것으로 압니다."

"오오!"

일전에 전투식량을 나누어 먹기는 했지만 이곳까지 오는 동안 체력이 꽤 많이 고갈되었기 때문에 조사단은 여전히 굶주림에 허덕이고 있는 실정이었다.

장갑차가 출발 준비를 하는 동안에도 그들은 허겁지겁 전식을 먹어치웠다.

―자, 그럼 출발하겠습니다! 모두 안전벨트를 착용해 주세요!

그들은 장갑차의 안전벨트를 착용하면서 마지막 전식을 입에 털어 넣었다.

"…태어나서 이렇게까지 배가 고픈 적이 있나 싶네요. 그동안 음식을 너무 가볍게 생각한 것은 아닌가 싶어요."

"하하, 정말 성인군자 다 되었습니다."

"그냥 감사해야 할 것에 감사하는 것뿐이에요."

장갑차가 현장을 벗어나고 있을 즈음 드디어 대대적인 포격전이 실시되었다.

슈웅!

콰과과과광!

구축함 전대의 함포 사격과 해안포의 무차별 포격이 이어지면서 숲은 거의 초토화가 되어갔다.

이사벨은 연구소의 안전에 대해 물었다.

"포격으로 연구소까지 날아가면 큰일인데, 괜찮을까요?"

"날아가도 별수 없습니다. 지금은 제주도의 안전을 확보하는 것이 우선이니까요."

"그렇군요."

"아마 지금부터가 시작일 겁니다. 저 정도 규모의 몬스터라면 하루 이틀 내로 처치가 불가능할 테니까요."

제주도는 이제 몬스터와의 본격적인 전투에 돌입했다.

*　　　　　*　　　　　*

이른 아침, 수색을 떠난 팬텀이 사라진 조사단을 이끌고 도착했다.

이제 11군단은 속 시원하게 위험지역을 포격하여 제주도 남부 탈환의 물꼬를 틀 수 있게 되었다.

백성식은 한창 포격전이 이어지고 있는 가운데 조사단과의 면담을 가졌다.

그들은 백성식에게 몬스터 연구소에 대한 소식을 전했다.

"연구소라……."

"아직까지 그 안에 사람이 있는지는 알 수 없습니다. 그러나 확실한 것은 지금까지 보지 못한 몬스터의 유체가 스멀스멀 기어 나오고 있었다는 것입니다. 만약 그곳이 몬스터를 위한 공간이 아니라고 해도 지금은 반드시 파괴시켜야만 하는 구역이 되었습니다."

"흠……."

백성식은 그곳의 조사를 실버 나이프에게 일임시키기로 했다.

"아무리 생각해 봐도 국가에서 만든 곳은 아닌 것 같소. 그러니 그곳을 조사하든 폭파시키든 마음대로 하시오. 다만 어떤 식으로든 제주도에 도움이 되는 방향으로 해주길 바라오."

"그것은 걱정하실 필요가 없습니다. 저희들도 바짝 정신 차리고 자치도에 도움이 되는 쪽으로 가닥을 잡겠습니다."

"고맙소."

솔로몬은 11군단의 독단적인 공격에 걱정을 표명하였다.

"그나저나 국회에선 별다른 반응이 없습니까?"

"몬스터가 창궐했을 때엔 가만히 있더니 우리가 포격을 하니 식겁한 모양이오."

"…조금 더 빨리 포격했어야 하는 것이 아니었나 싶습니다."

"내 생각에도 그렇소. 만약 내 부하들이 이 사태에 대한 심각성에 대해 보고하지 않았다면 나 역시 까마득히 몰랐을 것이오."

"일이야 어찌 되었든 간에 이제는 몬스터들의 세력을 약화시킬 수 있으니 다행 아닙니까?"

"그렇소. 지금 우리의 포격으로 대형 몬스터들을 얼추 잡아놓고 나면 보병이 진군하게 될 것이오. 그때도 만약 의회가 저런 식으로 나온다면 우리끼리 사태를 종결지어야 할지도 모르겠소."

"그땐 유엔평화유지군에게 기별을 넣어보겠습니다. 아무래도 다국적군이 한국에 압박을 가하면 파병이 수월해지지 않겠습니까?"

"하지만 그렇게 되면 미국과의 관계가 틀어지기 때문에 내각이 어떠한 결정을 내릴지는 미지수요."

"흠……."

"아무튼 간에 자국의 일도 아닌데 이렇게 발 벗고 나서주니 뭐라 감사의 말씀을 드려야할지 모르겠소."

"아닙니다. 유엔이 하는 일을 하고 있을 뿐입니다."

이제 팬텀과 몬스터 수렵단은 총격전에 돌입하기로 했다.

"우리도 전투에 나서겠습니다. 일단 이곳에서 1차 방어선을 유지해야 그다음 연결 고리를 만들 수 있을 테니까요."

"좋소, 부탁 좀 하겠소."

"별말씀을요."

팬텀과 실버 나이프는 잠시의 휴식을 끝내고 다시 전장으로 향했다.

*　　　*　　　*

요새에서 가장 먼저 시작된 야포 사격이 위험지역 전체를 두드렸다.

콰과과광!

포병 여단의 압도적인 화력이 불을 뿜자, 뱀과 몬스터들이 숲을 뚫고 미친 듯이 달려나오기 시작했다.

쉬이이이익!

끼에에에엑!

해군은 해안포와 함께 함포 사격을 실시하여 남쪽으로 나오는 몬스터들을 족족 궤멸시켰다.

공군은 구축함에 싣고 있던 전투용 헬기를 가지고 해안선 저지에 한몫을 하는 중이다.

그러는 동안 숲을 뚫고 네 마리의 바질리스크가 튀어나왔다.

취이이이익!

마치 TV의 노이즈를 크게 증폭시킨 것 같은 소리가 네 갈래로 갈라져 나와 주변을 공포로 물들였다.

하지만 이미 놈들의 앞을 20미터 높이의 담장이 막고 있기때문에 놈이 윽박을 질러도 그 공포가 피부로 직접 와 닿지는 않았다.

그러나 문제는 그 뒤를 따르는 몬스터의 숫자가 수십만에 이른다는 것이다.

쿠궁궁궁!

몬스터의 숫자가 얼마나 많으면 놈들이 달려오는 동안에 생긴 진동이 지진인지 발소리인지 구분이 되지 않을 정도였다.

아마 실버 나이프에서 요새를 건설하지 않았다면 11군단은 꼼짝없이 전멸당했을 것이 분명했다.

끼헤에에엑!

병사들은 몬스터들의 엄청난 숫자에 아연실색하였다.

"…도대체 이게 다 뭐야?!"

"지금까지 정부는 무엇을 하느라 몬스터 군락이 이렇게 커질 때까지 가만히 있었던 거지?!"

이곳에서 벌어지는 전투는 실시간으로 녹화되어 추후 몬스터와의 접전에서 귀중한 자료로 사용될 것이다.

앞으로 이것이 좋은 교육 자료가 된다는 의미에서 본다면 역사적인 날이라 할 수 있었으나 지금 병사들에겐 그런 자잘한 것까지 신경 쓸 겨를이 없었다.

"사격 개시!"

두두두두두!

지평선을 따라서 길게 늘어선 성벽에선 총알이 빗방울처럼 쏟아져 나왔고, 몬스터들은 그것을 맞으면서도 미친 듯이 달려들기 바빴다.

카미엘은 성벽에서 병사들과 함께 몬스터들을 막는 임무에 동원되었다.

그는 발록 용병단과 같이 망루에 올라 저격총으로 몬스터들의 머리를 날리고 있었다.

철컥, 퍼엉!

단 하루의 연습으로 나온 실력이지만 10년 차 저격수와 비교

해도 전혀 손색이 없는 카미엘이었다.

이영훈은 카미엘이 사격을 할 때마다 연신 감탄사를 자아냈다.

"이야, 역시 뭘 배워도 금방 배우는군. 이제부터는 지정사수로 활약해도 되겠는데?"

"훗, 그럼 방패는 누가 드나?"

카미엘은 동료들과 몬스터를 사격하면서 밀려드는 개체들의 특징을 자세히 관찰하였다.

원래 몬스터들의 공격성은 혀를 내두를 정도로 지독하긴 하지만 지금 이놈들은 뭔가에 홀렸다고 봐도 무방할 정도로 맹렬했다.

만약 인간들이 저 정도의 공격성을 가졌다면 지금쯤 지구는 폭발하고도 남았을 것이다.

"저놈들의 DNA에 도대체 뭐가 섞여 있는 것일까?"

"동물과 곤충의 DNA를 조금씩 섞은 것 아닐까?"

"동물과 곤충의 것을?"

"생각해 보면 동물과 곤충들의 신체 능력은 인간이 상상하기 힘든 것뿐이야. 이를테면 갑오징어의 위장 능력이나 개미의 엄청난 완력 등. 만약 그놈들이 인간보다 더 큰 크기였다면 그야말로 괴물이라 불리지 않았을까?"

"흠……."

"만약 저런 괴물들에게 동식물의 강력한 점을 짜깁기해서 유전자로 물려준다면 엄청난 개체가 탄생하지 않을까?"

"한마디로 끝도 없는 유전자 개량을 통해서 강력한 한 방을 준비하려던 건가?"

"그럴 수도 있지."

현재까지 저 의문의 연구 시설에 대해서 알아낸 것은 하나도 없지만, 확실한 것은 개량형 몬스터들의 특징이 상당히 도드라진다는 점이다.

만약 원래의 몬스터들이 양산품이라고 한다면 저놈들은 그것의 업그레이드 버전쯤 되는 것 같았다.

그나마 뱀과 몬스터들이 바질리스크에서 더 이상 분화하지 못해서 다행이지, 만약 레서 드레곤급 몬스터들로 진화했다면 그나마 지금 이 공격으론 피해를 줄 수 없었을지도 모른다.

카미엘은 망원경으로 바질리스크의 모습을 자세히 들여다보았다.

"보통의 바질리스크보다 몸집이 좀 더 큰 것 같군. 그때는 정신이 없어서 제대로 못 보았는데 독니뿐만이 아니라 엄니에서도 독이 흘러나오는 모양이야. 저 아래에 깔려서 가는 놈들을 좀 봐. 엄니에서 떨어진 독에 맞아 사망하고 있잖아."

현재 바질리스크가 이끄는 몬스터 군단은 놈의 엄니에서 흘러나온 독에 몸이 맞았을 뿐인데도 피를 토하면서 죽어나갔다.

그것은 바질리스크가 원래 가지고 있던 독 분비샘이 몇 차례 진화하여 새로운 형태를 띠었다는 소리다.

만약 저것들이 실험으로 만들어진 것이라면 앞으로 또 어떤 끔찍한 생명체가 나올지 미지수였다.

카미엘은 함께 사격하고 있을 팬텀의 일원에게 말했다.

"사격전이 끝나면 함께 연구실로 갑시다. 탐사에 끼고 싶군요."

─위험한 임무가 될 텐데, 괜찮겠나?

"어차피 이곳에 있어도 위험한 것은 마찬가지 아닙니까?"

─하긴, 이곳도 그리 썩 안전한 곳은 아니지. 그럼 사격전이 끝나자마자 같이 전술 차량을 타고 출발하자고.

카미엘은 원래 몬스터의 종류에 그리 관심이 많은 사람이 아니었으나 이번 기회를 통하여 쿤타의 작품들이 맞는지 확인해 보고 싶은 생각이 들었다.

그는 때마침 좋은 기회를 잡았다.

*　　　　*　　　　*

같은 시각, 제주도에서 벌어진 포격전으로 인해 국회가 발칵 뒤집어졌다.

합법적인 군사 행동을 가진 11군단장이지만 독자적으로 군을 움직인 것은 처벌 대상이라는 무리와 정당한 행동을 했다는 의견으로 나뉘었다.

여당은 지금까지 정부가 무능해서 마냥 기다린 것이 아니라 모든 것에는 절차가 있는 법이라고 주장하였다.

그러나 야당은 언제까지 몬스터들이 설치도록 놓아둘 수는 없다고 반박했다.

두 세력이 첨예하고 대립하고 있는 가운데 추가 병력의 파병을 놓고 또 한차례 공방전이 벌어졌다.

그들이 주장하는 사실은 저번과 같았다.

한국의 독단적인 군사 행동이 미국을 자극하고 중국과의 관계를 어수선하게 만들어 결국엔 돌이킬 수 없는 강을 건너게 된다는 것이었다.

이런 가운데 얼마 전엔 러시아까지 제주도 파병에 관심을 갖기 시작했다며 운을 떼었다.

하지만 야당은 이미 11군단이 파견된 상태에서 더 이상 수를 물릴 필요가 없다고 주장하였다.

더군다나 이것은 국가와 국민의 재산과 목숨을 보호하기 위해서 내린 결단이기 때문에 결코 수를 접을 수 없다는 것이 여당의 입장이었다.

"적법한 절차를 모두 다 무시하고 군사작전을 펼칠 것이라면 애초에 정부가 왜 있고 의회가 왜 있습니까? 이렇게 불법으로 군사를 움직이는 것은 엄연히 반역 행위입니다."

"맞습니다. 우리는 무슨 눈뜬장님이라서 파병을 안 하는 것이 아니지 않습니까?"

여당 의원들의 의견에 야당 의원들이 들고일어났다.

"지금 그걸 말이라고 하는 겁니까? 얘기 못 들었어요? 잘못하면 제주도 전체가 날아가게 생겼다잖습니까? 기껏 물류 허브로 키워두었더니 이제 와서 모든 것이 불타 버리면 도대체 남는 것이 뭡니까? 이대로 시간이 조금만 더 흐른다면 사태는 걷잡을 수 없이 커질 겁니다."

"뭘 그 정도로 호들갑입니까? 언제는 몬스터가 안 설쳤습니까?"

"…그것도 정도껏이죠."

야당 의원 오정식이 프로젝터에 위험지역의 영상을 띄웠다.

영상에는 초대형 몬스터부터 엄청난 숫자의 군락까지 아주 세세히 나와 있었다.

가히 충격적인 영상을 바라보는 여당 의원들은 더 이상 입을 열기가 난감해졌다.

"저것은… 조작 아닙니까?"

"설마하니 국회에서 영상 조작을 벌일까 봐요? 그리고 지금 우리가 이러고 있는 동안에도 11군단의 장병들은 크나큰 희생을 감수하고 있습니다. 이런데도 우리가 가만히 있어야 할까요?"

"하지만 제주도에 군사를 파견할 수 없는 이유를 당신들도 잘 알고 있지 않습니까? 만약 제주도에 무장 세력의 상륙이 가능해지면 군사적 긴장감이 또다시 대두될 겁니다. 안 그래도 미국의 함대와 미사일 포대가 제주도에 주둔한 것으로 중국이 난리를 피우는데, 그곳을 개방하기까지 한다면 어떻게 되겠습니까?"

"그럼 중국 눈치를 보느라 우리 영토를 쑥대밭으로 만들어야 한다는 소리입니까?"

"…그런 말도 안 되는 소리가 아니잖습니까? 상식적으로 외교는 실리적이어야 하는데, 아무리 한미동맹이 좋아도 중국에 수출을 하지 않고 버틸 수 있겠어요?"

여당이 이렇게까지 제주도의 파병을 가로막는 것은 미국과의 관계가 중국과의 대립뿐만 아니라 러시아에게도 영향을 주기 시작했기 때문이다.

언젠가부터 중국이 보이콧을 조장하면 러시아가 따라서 한국을 압박하는 상황이 벌어졌음으로 정치적으로 난감하기 이를 데가 없었다.

만약 이대로 수출입 보이콧이 계속된다면 한국은 동북아에서 왕따를 당하는 상황이 되고 말 것이다.

여당은 차라리 제주도를 잠시 위험지역으로 놓아두고 미군의 장외 포격을 받자고 주장했다.

더군다나 중국의 함대가 일본과의 영유권 주장으로 인해 한국 서부로 자주 무력시위를 벌이고 있어 장외 포격에 동참할 수 있다는 입장이었다.

여당은 오히려 경제 보이콧에서 벗어날 수 있는 기회가 왔다고 생각했으나, 야당은 지금 그런 것을 따질 겨를이 없다고 생각했다.

미국과 중국의 함대가 제주도까지 오는 동안 걸리는 시간이 결코 적지 않고 도움을 받았다는 것만으로도 분명 양쪽에서 압박을 가할 것인데, 그것을 감당하는 것도 쉽지 않다는 것이 야당의 주장이었다.

이렇게 나름대로의 주장에 꽤 무게감이 있기 때문에 일주일 넘도록 갑론을박이 끝나지 않는 것이다.

하지만 어떻게든 국회는 이 문제를 마무리 지어야 했다.

가뜩이나 정치 문제를 제외하고도 일본 시민의 전경 구타 사건으로 인해 민심이 흉흉해졌기 때문이다.

심지어 일본에서 건너온 물건을 사용하지 말자는 불매운동까지 벌어지고 있어 외교적인 불화의 골이 점점 깊어지고 있었다.

가뜩이나 심란한 틈을 타서 일본과의 관계까지 매끄럽지 않으니 이것이야말로 진퇴양난이었다.

국회의장 조성학은 양쪽의 의견을 절충할 수 있는 수단을 만들었다.

　　"그만, 그만들 싸우십시오. 어차피 지금 우리가 이렇게 갑론을박을 하고 있다고 해서 사건이 끝나는 것은 아닙니다. 그러니 더 이상의 언쟁은 삼가주시지요."

　　"험험!

　　"크흠!"

　　"의원님들, 그렇다면 이렇게 합시다."

　　"……?"

　　"일단 제주도에 몬스터가 창궐했으니 그것을 막아내지 못하면 한반도 남부는 또다시 불바다가 되어버릴 겁니다. 그렇게 되면 우리가 만들어둔 최후의 보루는 사라지게 되겠지요."

　　"하지만 그렇다고 대규모 병력을 파견하면 동북아의 외교 관계가 다 틀어지고 맙니다."

　　"그래요. 그건 그렇지요. 하지만 그것은 어디까지나 우리가 만들어놓은 법의 테두리에서 벗어나는 행동을 했을 때에 그런 것 아닙니까?"

　　"뭐, 그건 그렇지요."

　　"그렇다면 전투부대를 제외한 공병여단이나 화학대와 같은 지원 사단을 편성하여 11군단에 임시 편성시키는 겁니다. 지금 제주도 남부는 전시 상황이니 임시 편성이 가능하지 않습니까?

동원사단에 지원대를 배속시키면 그만이니까요."

"흠……."

"동원령을 내리지 않았을 때엔 동원사단의 원래 정원을 정규 군이 채우는 것도 가능하지 않습니까?"

"그래요. 그러고 보니 그렇군요."

몬스터의 창궐 이후 군은 대규모 공습이나 일정 지역이 잠식 당하는 경우에 대비하여 동원사단의 완충 인원을 다른 사단이 나 여단이 채워 넣을 수 있도록 하는 임시 편제를 도입하였다.

원래 동원사단은 현역 10%에 예비군 90%로 병력을 구성하 게 되는데, 몬스터가 전국적으로 창궐한 것이 아니라면 해당 부 대 옆에서 전투가 벌어져도 동원하기가 힘들었다.

그래서 만든 법이 바로 임시 편제인데, 지금과 같은 상황이라 면 비록 전투사단은 아니더라도 전투에 큰 도움이 되는 지원대 의 편성은 충분히 가능했다.

"일단 문제 지역을 방어하는 데 필요한 모든 것을 방비해 놓 고 우리가 갑론을박을 벌이는 것이 좋지 않겠어요?"

"하긴, 이대로 더 가만히 있다간 시위가 벌어질 판이니 출격 을 하긴 해야겠지요."

"이 정도면 미국과 중국 그 어떤 곳과도 마찰이 없을 겁니다."

조성학이 나름대로 머리를 짜내긴 했지만, 이것은 어디까지 나 임시방편에 불과했다.

제주도 남부를 제대로 방어하자면 분명 전투부대의 출격이 필요했다.

하지만 일단 국론을 통합한 후에 다시 생각하자는 것이 그의 방침이었다.

결국 의원들은 공병여단을 포함한 여섯 개 지원여단을 편성하여 파견하는 데 동의하였다.

"그럼 동원사단 편제를 지원여단으로 대체하는 데 동의하신 것으로 알고 지금 당장 청와대에 승인을 요구하겠습니다."

"그러시지요."

사태가 이렇게까지 커지고 난 후에야 일말의 진전이 있었다.

조성학은 언제까지 이렇게 국론이 분열된 채로 살아가야 하는지 앞길이 막막했다.

하지만 그는 조만간 기회가 한 번쯤은 올 것이라고 믿어 의심치 않았다.

'해가 졌으면 밤이 깊을 것이나 언젠가는 다시 아침이 밝아온다. 반드시.'

조성학은 무거운 마음으로 의장봉을 두드렸다.

탕, 탕, 탕!

*   *   *

알퐁소 투자신탁의 등기는 인천광역시로 되어 있었다. 하지만 실제로 회사는 간판도 없는 유령 회사였다.

이렇듯 알퐁소 투자신탁이 유령 회사임에도 불구하고 명맥을 유지할 수 있던 것은 경찰의 수사력이 이곳까지 닿지 않기 때문이었다.

이 세상의 모든 회사를 일일이 감시할 수는 없는 노릇이니 회사 하나쯤 사라졌다고 해서 티가 날 리가 없다.

그렇기 때문에 알퐁소 투자신탁이 지금까지 기업 사냥 놀이에서 재미를 볼 수 있던 것이다.

이런 알퐁소 투자신탁의 우두머리를 잡는 것은 단순한 뒷조사로는 불가능하고 스칼렛이 하던 것처럼 적당히 피를 보는 협박으로서 실마리를 잡을 수 있을 것이다.

그녀는 돼지네 일수에 돈을 주고 명의를 사들이도록 지시한 사람의 뒤를 밟았다.

물론 일을 시키는 사람들 자체도 정체를 꽁꽁 숨기고 있기 때문에 그를 찾는 것도 쉽지는 않았다.

하지만 그녀의 근성은 세계 최고 수준이다.

스칼렛은 한국에 친분이 있는 사람을 죄다 동원해서 탁동훈이라는 이름의 사업가를 찾아냈다.

그런데 어처구니없게도 탁동훈이라는 사람은 대한민국 정부 청사에서 일하는 행정직 4급 공무원이었다.

공무원이 알퐁소 투자신탁이라는 회사를 만들어 정책을 쥐락펴락하고 있었던 것이다.

그는 정부에서 결정되는 중요 사업들에 대해서 훤히 꿰고 있었고, 거기에서 발생할 리스크머니에 대해서 계산할 수 있는 여건이 되었다.

만약 그가 모종의 세력과 손을 잡는다면 제아무리 경찰이라도 꼬리를 잡기가 상당히 힘들 것이다.

스칼렛은 그의 신상 명세를 파악해 놓곤 비밀스럽게 접근해 보기로 했다.

늦은 밤, 스칼렛은 1차 회식을 끝내고 강남의 바에서 맥주를 마시고 있는 탁동훈에게 다가갔다.

뺌빠바바밤!

스칼렛은 낮은 재즈 선율이 울려 퍼지는 바에 앉은 탁동훈에게 다가가 말을 붙였다.

"옆자리 비었어요?"

"네, 앉으시죠."

탁동훈은 여자라면 사족을 못 쓰는 남자이니 스칼렛의 미모 정도면 굳이 긴장감을 조성하지 않아도 말을 트긴 쉬울 것이다.

그녀의 예상대로 탁동훈은 그녀를 보자마자 철이 자석이 끌리듯 다가왔다.

"아름다우시네요."

"다짜고짜 초면에 그런 소리를……."

"저는 거짓말을 잘 못합니다. 그래서 나도 모르게 진심이 튀어나오는 경우가 종종 있지요."

"그렇군요."

"이렇게 만난 것도 인연인데 제가 술 한잔 사도 될까요?"

스칼렛은 그에게서 정보를 빼내려면 보통 여자들처럼 굴어선 안 된다는 것을 잘 알고 있었다.

"싫어요."

"시, 싫어요?"

"모르는 사람에게 술을 얻어먹을 수는 없죠. 제가 그렇게 없어 보여요?"

"아니요, 그런 뜻이 아닙니다. 미녀에게 술을 사주는 것도 남자로서의 자존심이라고 생각합니다."

"무슨 술을 사주는 데 자존심까지?"

"최소한 당신에게 내가 말을 걸어도 되는 남자라는 검증을 받는 것이니 여기서 차이면 내 가치가 그것밖에 안 되는 것 아니겠습니까?"

"언변이 아주 좋으시네요."

"뭘, 이 정도 가지고."

핀잔과 칭찬을 같이 해주었으니 눈도장은 제대로 찍은 셈이다.

그녀는 반대로 바텐더에게 술을 주문해서 그에게로 넘겼다.

"마티니 한 잔 저쪽으로 넘겨줘요."

"예, 손님."

스칼렛은 자신에게 다가온 남자에게 역으로 술을 사주는 경우가 있는데, 보통은 상대방이 마음에 드는 경우나 작정하고 정보를 빼낼 때 그렇게 한다.

자신에게 호감이 있다고 해서 술을 무작정 얻어먹는 것보다는 역으로 술을 사주면 남자가 여자를 쉽게 보지 않는다.

첫 만남에서 그에게 끌려다니면 인간관계가 끝날 때까지 끌려다닐 수 있으니 오히려 초면에 그런 가능성을 차단해 버리는 것이다.

그녀의 전략은 제대로 먹혀들었다.

"생긴 것도 그렇지만 하는 행동도 아주 노블레스 하네요. 당신 같은 여자야말로 귀족이 될 자격이 있어요."

"요즘 세상에 누가 귀족을 들먹이나요? 그냥 별 뜻 없으니 한 잔 마셔요."

"고맙습니다."

그녀는 스스로 시킨 잔을 말없이 비워 버렸다.

꿀꺽꿀꺽!

그러자 그가 눈치 있게 바텐더에게 대신 술을 주문했다.

"저쪽에 같은 것으로 한 잔 더."

"예, 손님."

그녀는 보일 듯 말 듯 아슬아슬한 미소를 지었다.

"고마워요."

"별말씀을."

이제 스칼렛과 제법 친해졌다고 생각한 그는 본격적으로 대화의 물꼬를 트려 가까이 다가왔다.

"조금 가까이 앉아도 괜찮죠?"

"그러시죠. 다만 너무 가까이 다가오면 뺨을 맞을 수도 있으니 조심하세요."

"하하, 그럽시다."

그녀는 슬그머니 첩보에 한 발짝을 내어놓았다.

*　　　　*　　　　*

늦은 밤, 스칼렛은 보통의 여자들과는 다른 방법으로 그를 공략하는 중이다.

그녀는 탁동훈의 손금을 봐주는가 하면 간단하지만 신기한 마술 등으로 관심을 끌었다.

보통의 경우엔 남자가 여자에게 마술을 보여주고 손금을 봐주곤 하는데, 지금은 그와 정반대였다.

탁동훈은 방금 전 그녀의 손에 있던 카드가 감쪽같이 사라졌다가 뜬금없이 나타나 놀라게 하는 트릭에 속아 진심으로 놀라고 있었다.

"대단하네요. 도대체 이런 마술은 어디서 배운 겁니까?"

"살다 보니 자연스럽게 터득하게 됐어요."

"하하, 말도 안 되는 소리. 세상에 그 어떤 사람이 마술을 저절로 익힙니까?"

"믿기 싫으면 믿지 말고요."

그녀는 탁동훈에게 단 한마디도 지지 않고 그를 대화의 굴레 안에서 자유자재로 가지고 놀았다.

그런 노력 덕분이었을까?

탁동훈은 그녀에게 잠자리나 요구하는 남자들과는 다르게 친구로 시작하는 마음을 갖게 되었다.

"아까는 내가 다짜고짜 작업을 걸어서 미안합니다. 일단 친구로 지냅시다. 나는 탁동훈이라고 합니다."

"에이미예요."

"에이미라……. 미국에서 왔나보죠?"

"비슷해요."

"후후, 재미있군요. 어떻게 여자가 그렇게 말을 잘할 수 있습니까?"

"말했잖아요. 인생에 굴곡이 좀 있다고."

"세상에 사연 없는 사람도 있습니까?"

두 사람은 계속해서 술잔을 기울였다.

"한잔합시다."

"좋죠."

그녀는 술잔을 넘기는 동안 슬그머니 떡밥을 던졌다.

"요즘 제가 옥션을 다니는데요, 쓸 만한 물건을 찾기가 힘드네요."

"옥션이요?"

"제가 원래 경매를 좀 좋아하거든요. 그런데 한국엔 괜찮은 옥션을 찾기가 힘드네요. 매번 모조 미술품이나 경매에 내놓지 제대로 된 경매장이 없어요."

그는 슬그머니 미소를 지었다.

"하시는 일이……?"

"그냥 작은 사업을 하고 있어요."

"흠, 그렇다면 관심 분야가 주식이나 M&A 쪽이겠군요?"

"아무래도 그렇죠."

탁동훈은 자신의 또 다른 명함을 건넸다.

"만약 이쪽으로 관심이 있다면 연락 한번 줘요."

"이게 뭔데요?"

"와보면 알아요. 기업가들이 이쪽 옥션에 빠지면 아주 헤어나올 수가 없지요."

명함에는 M&A 옥션이라는 글귀와 함께 프리미엄 고객을 위한 전용 전화번호가 적혀 있었다.

"옥션은 익명이 보장됩니다. 물론 차명으로 계좌를 텄을 때에만 가능한 얘기겠지요?"

"으음, 재미있겠는데요?"

"하하, 그럴 줄 알았습니다. 만약 에이미가 이쪽에 관심이 있다면 금요일에 찾아와요. 술 한잔하면서 옥션에서 좀 놀자고요."

"알겠어요."

탁동훈은 먼저 자리에서 일어섰다.

"그럼 저는 이만 들어갑니다."

"금요일에 뵐게요."

"꼭입니다."

아마 탁동훈이 그녀에게 명함을 건넨 것은 사람과 사람 사이의 호감 때문이 아니고 회원을 모으기 위한 일종의 영업이었을 것이다.

일이야 어찌 되었든 간에 옥션의 실체를 알았으니 제대로 한 건 올린 셈이다.

그녀는 이번 주 금요일까지 한국에 머물기로 했다.

*　　　　　*　　　　　*

150차례의 포격과 사격전이 일주일째 이어져 제주도 남부는 거의 쑥대밭이 되었다.

하지만 일주일 내리 포탄을 퍼부었기 때문에 그나마 거대한 개체들이 죽어나가고 숲에서 기어 나오던 뱀과 몬스터들의 숫자가 현저히 줄어들었다.

또한 공중으로 지대공 공격을 퍼붓던 의문의 개체들도 자취를 감추어 비행기를 띄울 수 있게 되었다.

아직까지 몬스터를 전부 토벌하기란 쉽지 않은 일이지만 일단 1차적으로 놈들의 기세를 꺾는 데는 성공한 셈이다.

실버 나이프는 이제 보병 부대와 함께 숲으로 들어가 연구소를 점령하고 그 내부를 조사하기로 했다.

카미엘을 포함한 팬텀은 24사단의 호위를 받으며 연구소까지 들어갔다.

이제 그들은 연구소 내부를 탐사하면서 그 배후의 세력이 누구인지, 또한 무슨 목적으로 이 시설을 세웠는지 알아내게 될 것이다.

이번에도 역시 고스트가 먼저 앞장서서 길을 찾아나갔다.

—여기는 고스트, 로프를 타고 지하 끝으로 내려가겠다.

"입감."

팬텀의 특성상 방패를 든 사람이 필요 없기 때문에 카미엘은 지정사수 소총을 들었다.

그는 고스트가 로프를 타고 내려가는 동안 반경 1㎞를 경계하면서 지원하였다.

잠시 후, 고스트의 목소리가 라디오를 통해 들려왔다.

―바닥은 이상 없다.

"알겠다. 지금 로프를 타고 내려가겠다."

카미엘과 팬텀들이 로프를 타고 아래로 내려가자, 산산조각이 나버린 유리문이 눈에 들어왔다.

치지지직.

유리문 옆에서 스파크가 올라오는 것을 보니 아무래도 이곳이 누군가에 의해서 강제로 돌파를 당한 것 같았다.

카미엘은 깨진 유리 조각 사이로 동물의 것으로 보이는 뿔과 털을 발견하였다.

"몬스터, 혹은 동물인 것 같군요."

"숫자가 얼마나 될지 가늠할 수 있겠나?"

"그건 저도 모르겠습니다. 솔직히 아공간이 이 아래에 있다면 몰라도 그렇지 않다면 그 누구도 예상할 수는 없겠지요."

"흠……."

팬텀은 일단 건물로 들어가 자세한 것을 알아보기로 했다.

"인원을 나눈다. 세 명씩 짝을 지어 각각 흩어져 수색을 펼칠 수 있도록."

"예, 대장님."

카미엘은 솔로몬과 고스트로 이뤄진 팀을 구성하여 동쪽 실험실로 들어갔다.

동쪽 실험실은 유난히도 핏자국이 많았는데, 그중에는 사람의 것으로 보이는 혈흔의 비중이 가장 컸다.

아마 이곳에서 대규모 학살이 벌어진 것으로 보였다.

지지징!

고스트가 먼저 건물 안으로 들어가니 여전히 작동하는 자동문이 그들을 반겼다.

"아직도 전기가 공급되고 있는 모양이군."

"자가 발전기를 돌리는 것은 아닐까요?"

"자가 발전기라……. 하긴, 몬스터 코어를 가지면 이런 건물을 가동하는 것도 불가능하진 않겠지."

"이렇게 큰 연구소를 지을 정도로 돈이 많은 놈들이다. 무슨 짓을 벌여도 전혀 이상할 것이 없어."

카미엘과 일행이 천천히 앞으로 나아가고 있는 그때 저 멀리 아주 희미하게 여성의 실루엣이 보인다.

그녀는 일행을 발견하자마자 다짜고짜 달리기 시작했다.

타다다다닷!

그런데 그녀의 달리기가 일반적인 인간의 것과는 뭔가 많이 다른 것 같았다.

"…뭐지?"

"분명 달리는 것이 보이긴 했습니다만, 100미터를 4초도 안 되어서 주파하는군요."

"사람이 아닌가?"

"괴물일 수도 있지요. 몬스터에게 사람의 DNA를 주입하면 저런 개체가 태어날 수도 있죠."

"세상은 요지경이구먼."

세 사람은 그녀가 달려간 방향을 향해 속보를 밟기 시작했다.

"일단 어떻게 되었든 간에 그 여자를 잡아보자고. 그럼 사람인지 몬스터인지 알 수 있겠지."

"예, 대장님."

고스트는 추격자 특유의 날렵한 걸음으로 그녀를 쫓았고, 솔로몬은 중간에서 시야를 확보하였으며, 카미엘은 후방의 퇴로를 확보하면서 적의 동선을 대략적으로 파악하였다.

"왼쪽!"

"오케이!"

카미엘의 신호를 따라서 내달리던 고스트가 막다른 골목에 멈추어 섰다.

"잠시 대기!"

그들의 앞에 20대 후반의 여성이 서 있다.

여자는 금색 눈동자와 녹색 머리카락을 가지고 있었는데, 빛이 비치는 방향에 따라서 눈동자 색이 조금씩 변하였다.

머리카락 역시 빛의 방향에 따라 색이 변하였지만 주변의 환경에 따라서도 색이 변하는 것 같았다.

그녀는 몹시 당혹스러운 얼굴로 세 사람을 바라보았다.

카미엘이 그녀에게 조심스럽게 물었다.

"대화 좀 합시다. 우리는 나쁜 사람이 아니고 유엔에서 나왔어요. 유엔 알아요?"

"······"

"유엔에 대해서 모릅니까?"

"······"

그는 동료들을 바라보며 고개를 가로저었다.

'아닌 것 같은데요?'

'그래, 사람은 아닌 것 같고.'

바로 그때, 그녀의 곁으로 거대한 뱀 세 마리가 다가왔다.

쉬이이이이익!

카미엘과 동료들은 아연실색하며 뒷걸음질을 쳤다.

"바실리스크?!"

"일단 피하는 것이 좋겠습니다. 저놈들은 우리가 죽인 놈들보단 작지만 잘못 걸리면 몰살입니다."

"동감일세."

세 사람이 슬금슬금 도망치려는데 그녀의 눈동자가 일순간

빨간색으로 바뀌었다.

그러자 세 마리의 바실리스크가 카미엘 일행을 향해 달려들기 시작했다.

키헤에에엑!

"뱀을 부리는 조련사인가?"

"몬스터를 조련하는 사람이 이 세상에 어디 있나?"

"소환하는 놈도 있고 지휘하는 놈도 있습니다. 조련하는 놈이 없으려고요?"

"그, 그건 그렇지만……."

세 사람은 더 이상 도망칠 수 없다고 판단하고 전투 준비를 하였다.

그런데 그들의 눈앞에 더더욱 믿을 수 없는 광경이 펼쳐졌다.

쿠그그그, 콰앙!

지하 시설의 벽이 뚫리면서 오우거와 트롤들이 대거 달려나오더니 이내 그녀의 주변으로 다가왔다.

크훅, 크훅!

거친 숨을 내쉬는 몬스터들은 그녀의 부하, 혹은 자식처럼 자석같이 달라붙었다.

잠시 후, 그녀가 카미엘을 가리키며 외쳤다.

"공격!"

크헤에에에엑!

카미엘과 일행은 그녀가 괴물은 아닐 것이라고 생각했다. 그러나 몬스터들이 그녀를 따르는 것은 도무지 이해를 할 수 없는 부분이다.

세 사람은 동시에 같은 생각을 했다.

"혹시……."

"이 여자가 몬스터들의 보스?"

이제 슬슬 정체를 드러내는 그녀, 그녀는 이 엄청난 몬스터 군단의 주인이었다.

외전
그, 그녀

　슬슬 정오의 해가 떠오르는 시간, 어쩐지 하늘이 꾸물꾸물 어두워지기 시작한다.

　카미엘은 고물상에서 쓸 만한 물건을 추리고 있다가 문득 하늘을 바라보았다.

　"비가 내리려나 보군."

　카미엘은 오늘은 일찍 집에 들어가서 쌍둥이와 함께 시간을 보내야겠다고 생각했다.

　그것은 아린, 아델이 카미엘을 필요로 하는 것이 아니고 반대로 카미엘이 손자 손녀를 필요로 했다.

그는 손자 손녀에게서 죽은 아내와 아들의 모습을 찾고 있었던 것이다.

어찌 생각하면 미안하기도 하고 스스로 자괴감이 들기도 했지만 이 또한 손자 손녀를 향한 또 다른 모습의 사랑일 것이다.

카미엘은 동네 아이들과 함께 어울려 놀고 있을 손자 손녀를 데리러 가기 위해 차에 시동을 걸었다.

＊　　　　＊　　　　＊

유페리우스계 동부 대륙 서부의 항구도시 칼레이나로 파란색 깃발을 단 배 한 척이 당도하였다.

파란색 깃발은 오로지 한 가지 집단, 상아탑을 상징한다.

상아탑은 국가와 민족을 따지지 않는 전 세계적인 집단으로서, 지금까지 이 세계가 존립되어 온 가장 큰 원동력이었다.

만약 상아탑이 없었다면 지금쯤 유페리우스는 몬스터들의 밥이 되어 진작 사라지고 말았을 것이다.

그 상아탑의 5대 장로이며 대륙 최고의 기계 마도사 카미엘이 칼레이나 선착장에 발을 디뎠다.

카미엘이 선착장에 내리자마자 회색 갑옷을 입은 기사들이 줄을 지어 다가왔다.

척!

"장로님을 뵙습니다!"

"전하께선 무탈하신가?"

"예, 그렇습니다."

칼레이나 영지군 소속 회색 기사단은 카미엘을 왕도 탈레나까지 수행하라는 명령을 받았다.

그들은 언제나 그랬듯 카미엘을 국빈으로서 극진히 대접할 준비를 하고 있었던 것이다.

그러나 카미엘은 그다지 사치와 향락을 즐기는 사람이 아니며 화려한 것을 별로 좋아하지 않았다.

그런 이유로 카미엘은 매번 자신을 마중하기 위해 나오는 사람들을 정중히 물러나도록 고사하였다.

"오늘 이렇게 줄을 지어 나온 것을 보니 나를 수행하기 위해 온 모양이군."

"예, 장로님."

"하지만 나는 언제나 그랬듯 혼자서 왕도까지 가겠네."

"그렇지만 저희들은 왕명을 받았습니다. 장로님께서 저희들의 수행을 받지 않으신다면 기사 작위를 박탈당할 수도 있습니다."

카미엘은 매번 이렇게 극단적으로 나서는 기사들 때문에 어지간하면 큰 배를 타고 들어오지 않으려 노력하는 편이었다.

그러나 오늘은 동부 대륙 전역을 돌아보는 여행길에 올랐다가 마지막으로 도착한 것이기 때문에 어쩔 수가 없었다.

제아무리 기계 마도사라고 해도 하늘을 날아서 바다를 건널 수는 없기 때문이다.

카미엘은 하는 수 없이 그들의 수행을 받기로 했다.

그러나 그는 평범한 방법으로 그들을 수행 기사로 둘 생각이 없었다.

"만약 그렇게까지 나를 수행해야겠다면 화려한 행렬을 버리고 함께 여행이나 다니는 용병단으로 위장하세. 그렇게 한다면 기꺼이 따를 수 있네."

"하지만 그렇게 되면 여러 가지 귀찮은 일들이 생길 수도 있습니다. 만약 그런 번거로운 일이 발생하여 심기라도 불편해지시면……."

"걱정하지 말게. 그렇다고 해서 내가 동부 대륙의 몬스터를 몰아내 주지 않을 사람은 아니니."

카미엘은 동부 대륙에서부터 점점 커져가고 있는 몬스터의 세력 축소를 위하여 서부 대륙에서 이곳까지 온 것이다.

인류를 위해서 300년 넘게 살아온 카미엘이 그깟 해프닝 몇 번으로 나라를 저버릴 사람은 아니었다.

그는 잔뜩 졸아 있는 기사들에게 말했다.

"내가 그렇게 옹졸한 사람 같아 보이나?"

"아, 아닙니다!"

"만약 내가 옹졸한 사람이었다면 이런 걸음은 하지도 않았겠지. 안 그래?"

"맞습니다!"

"그렇다면 됐네. 왕도까진 적어도 보름 거리이니 한번 잘 지내보세."

"저희들이야말로 모시게 되어 무한한 영광입니다!"

이제 이들은 갑옷을 영지군에게 맡겨두고 수도 탈레나까지 걸어가게 될 것이다.

*   *   *

카미엘은 항구도시에서 빠져나와 왕도 탈레나까지 이어지는 강변을 따라 걸었다.

솨아아아아아!

강변에선 역시 바다보다 부드럽고 선선한 바람이 불어오고 있었다.

"좋군."

원래 고향은 북부 대륙이지만 젊어서부터 세계 방방곡곡 안 다녀본 곳이 없다.

그런 그에게 가장 인상 깊고 가장 마음에 드는 곳이 바로 동부 대륙이었다.

만약 그가 유페리우스 연합에 기별하여 대륙의 맹주로 역임한다고 해도 누구 하나 뭐라 할 사람은 없을 것이다.

그는 대륙 전역에서 성품과 재능이 뛰어남을 인정하여 그것을 칭송하는 소리가 드높았다.

지금껏 살면서 비도덕적인 일에 나선다거나 자신보다 약한 사람을 괴롭힌 적이 없는 카미엘이기에 그의 이미지는 위대한 영웅으로 굳어져 있었다.

그런 그가 처음으로 정착하고 싶은 곳이 바로 이곳이고 동부 대륙 역시 그를 맹주의 자리에 앉히기 위해 무던히도 노력하였다.

그러나 카미엘은 자신과 같이 이 세상에 지대한 영향을 미치는 사람이 왕권을 쥐는 것은 옳지 않다고 생각했다.

제아무리 청렴한 사람이라도 막상 손에 권력을 쥐게 되면 타락하게 마련이니 카미엘은 그런 꼬투리조차 생기는 것이 싫었다.

그래서 지금까지 무려 150년 동안 그를 맹주로 모시기 위해 쫓아다닌 동부 대륙의 모든 왕국을 뿌리쳤다.

하지만 그럼에도 불구하고 그가 계속해서 이곳 동부 대륙을 찾는 것은 아마도 이 부드럽고 따뜻한 강바람 때문일 것이다.

특히나 동부 대륙에서도 서부 지역은 강변에서 바람을 맞으면 기분이 좋아지는 향기가 나기로 유명했다.

이 때문에 전 세계 향수 상인들이 이곳으로 몰려들어 가장 유명한 향수 제조 단지를 이루게 되었다.

카미엘은 이곳 강바람을 닮은 향수를 뿌린 여자를 좋아하고 그 향수의 원산지인 이곳 동부 대륙을 사랑했다.

만약 그가 소원이 하나 있다면 자신이 죽으면 이곳 강변에서 한 줌의 재로 날아가는 것이다.

그는 매번 올 때마다 새로운 영감을 주는 이곳 테리나 강이 너무나도 좋다.

"언젠가 이곳에 오두막을 짓고 살고 싶군."

"이곳을 공국으로 만들어 성을 세우셔도 됩니다. 말씀을 전할까요?"

카미엘은 실소를 흘렸다.

"자네도 참 무슨 말을 못 하겠군."

"죄송합니다. 국빈을 소홀하게 대접할 수 없어 그런 것이니 용서해 주십시오."

"뭘 이런 것으로 고개를 다 숙이나. 그냥 농담 한번 해본 것뿐일세."

"아아, 그렇군요. 저는……."

"아무튼 마음 써주어서 고맙네."

"아닙니다."

아마 이 두 사람의 대화를 국왕 헤르시온이 들었다면 분명이 일대를 모두 공왕의 부지로 돌려 카미엘의 공국을 세우고도 남았을 것이다.

그만큼 카미엘이라는 존재는 그 어떤 누구에게도 결코 가벼운 것이 아니었다.

카미엘과 기사단이 강변을 따라 걷고 있을 무렵, 저 멀리 허름하고 큰 술집이 보인다.

"오늘은 저곳에서 먹고 마시면서 좀 쉬도록 하지. 어떤가?"

"저희들은 좋습니다."

비록 아주 조촐하고 사람도 그리 많지 않은 술집이었지만 역시 이곳에서도 강변에서 맡은 냄새와 비슷한 냄새가 났다.

카미엘은 이곳이 너무나도 마음에 들었다.

"맥주 한 잔 주시겠습니까?"

"네, 알겠습니다."

그는 술을 시켜놓고 기사단장에게 금화 한 주머니를 건넸다.

"이것으로 병사들의 숙소를 잡고 밥을 먹이게."

"아닙니다. 저희들은 나라에서 나온 돈이 있습니다. 그것으로 구매하는 것이 옳습니다."

"하하, 아닐세. 그 돈은 추후에 좋은 일에 쓰도록 하게."

"감사합니다. 정말 좋은 곳에 쓰겠습니다."

카미엘은 일찌감치 돈과 명예를 초월한 사람이니 오히려 그와 돈을 결부시킨다는 것 자체가 이상한 일이다.

기사단이 머물 수 있는 숙소를 정하고 내일 해가 뜰 때까지 이곳에서 머물기로 한 카미엘은 혼자만의 시간을 갖기로 했다.

＊   ＊   ＊

해가 뉘엿뉘엿 넘어가 저녁이 된 이후 카미엘은 기사단에게 술을 한 잔씩 돌렸다.

자신 한 사람 때문에 걸어서 보름이나 걸리는 거리를 와주었으니 아까 준 돈으론 성의 표시가 안 될 것 같다고 생각한 것이다.

카미엘은 이 고장의 향토 음식과 지역 술을 마음껏 먹고 마시도록 다시 한 번 금화 주머니를 풀었다.

기사단은 카미엘의 이런 배려 덕분에 아주 분위기 좋은 밤을 보내게 되었다.

마을 여관 술집에 둘러앉은 그들에게 카미엘에 건배를 제의했다.

"건배 한번 하고 코가 비뚤어질 때가지 마시자고."

"오오, 감사합니다!"

"자, 건승을 위하여!"

"위하여!"

술이라면 사족을 못 쓰는 기사들에게 우상과도 같은 카미엘이 술을 내렸으니 그들은 오늘 정말 쉬지 않고 술을 퍼마실 것이다.

카미엘은 그런 기사들과 함께 어울려 술을 마시고 이야기꽃을 피웠다.

평상복을 입고 소탈한 모습으로 술을 마시니 정말 기사가 아니고 영락없는 주민이나 떠돌이 용병들 같았다.

그렇게 카미엘과 기사들이 한창 술을 마시고 있을 무렵, 한무리의 사내들이 들어왔다.

사내들은 조용히 앉아 먹을 만한 음식과 술을 한 잔씩 시켰다.

카미엘은 그들에게까지 술을 사주려다가 그렇게 되면 정체가 탄로 날까 봐 가만히 있었다.

그런데 그들에게로 조금 불미스러운 걸음이 다가왔다.

쾅!

"여기지? 이 새끼들, 잡히면 정말 죽인다!"

무슨 화통이라고 삶아 먹은 사람처럼 씩씩거리며 문을 박찬 그들은 척 보기에도 질이 그다지 좋아 보이지 않았다.

카미엘은 술집에서 음식을 나르는 종업원 소녀를 붙잡고 물었다.

"저들은 뭐 하는 사람들이야?"

"…쉿! 조용히 하세요. 이 근방에서 유명한 왈패들입니다. 잘못 걸리면 큰일을 치를 수도 있으니 그냥 계세요."

"그래?"

소녀가 그들의 눈동자도 제대로 쳐다보지 못하고 연신 조심하라는 소리를 해대는 것을 보면 정말 질이 바닥인 모양이다.

생각 같아선 확 손을 봐주고 싶었지만 아직까지는 그들이 카미엘에게 잘못한 것이 없으니 가만히 있었다.

그런데 그런 그들은 방금 전 들어온 조용한 여행자들을 발견하자마자 와자지껄하게 웃으며 말했다.

"하하, 찾았군! 이런 개새끼, 네가 이 바닥에서 떠봐야 거기서 거기지! 얘들아, 쳐!"

"예, 형님!"

저마다 몽둥이를 손에 쥔 사내들이 그를 때려눕히기 위해 마구 달려들었다.

그렇지만 그는 마치 귀공자처럼 자리에서 조용히 일어나 길고 얇은 검을 뽑아 들었다.

스르르릉, 챙!

자리에서 일어남과 동시에 빠르게 휘두른 검이 왈패들의 몽둥이를 일도양단해 버렸다.

카미엘은 그의 검에 흥미를 느꼈다.

'찌르기 위한 레이피어가 나무를 베다니, 꽤 오래도록 수련한 모양이군.'

검의 얇기가 거의 나무젓가락과 맞먹는 레이피어로 몽둥이를 일도양단하는 것은 그리 쉬운 일이 아니다.

게다가 그 속도는 아무리 레이피어를 들었다고 해도 믿기 힘들 정도로 빨랐다.

전광석화, 그의 검에는 극쾌의 오의가 담겨 있는 것 같았다.

"인물이군."

"장로님도 보셨습니까?"

"저런 인재가 이곳에 있다니 홍복이로군."

처음엔 왈패들을 혼내주고 저 남자를 구해주어야겠다고 생각한 카미엘이지만 이제는 생각이 바뀌었다.

지금 몸 걱정을 해야 할 사람은 검객이 아니라 왈패들이었다.

단숨에 무기를 잃고 허둥지둥하는 그들의 신체 일부를 레이피어로 찌른 그는 딱 오늘 하루 걷기 힘들 정도로만 만들어놓았다.

촤라라락!

단 일격에 다섯 명의 허벅지를 칼로 찌르자 그들은 속절없이 물러설 수밖에 없었다.

"으, 으으윽!"

"형님, 저놈, 괴물입니다!"

"제기랄! 일단은 피하자! 놈, 반드시 이 수모를 갚아주고 말겠다!"

"얼마든지."

왈패들이 물러가고 난 후 사내의 일행은 조용히 앉아 술잔을 기울였다.

카미엘은 그런 그에게 다가가 물었다.

"괜찮다면 내가 술 한잔 사드려도 되겠소?"

".......?"

"별건 아니지만 우리가 이곳에서 편안히 술을 마실 수 있게 해주었으니 답례를 하려는 거요. 그러니 내 성의를 받아주셨으면 좋겠는데."

그는 고개를 저었다.

"아니오. 누구 좋으라고 한 일도 아니거니와 우리는 이번 잔만 마실 생각이오. 호의는 고마우나 여건이 맞질 않는구려. 아무튼 마음은 고맙게 받겠소."

"흠, 아쉽군. 당신과 같은 진짜 검객을 만나기가 결코 쉽지 않은데 말이오."

"언젠가 인연이 닿는다면 또 만나게 되겠지."

그는 결코 크지 않은 키에 유약해 보이는 외모를 가졌지만 그 기품이 남달랐다.

처음엔 기생오라비 같다는 생각도 한 카미엘이지만 이제는 약간의 호승심이 생겼다.

그러나 카미엘은 아무 데서나 칼을 뽑는 사람이 아니다.

"그럼 당장 내일이라도 어디선가 마주친다면 꼭 한잔합시다. 내가 대접하겠소."

"좋소, 다음 술자리는 결코 마다하지 않으리다."

"고맙소."

두 사람은 자연스럽게 헤어졌다.

＊   ＊   ＊

며칠 후, 카미엘은 생각보다 긴 여정을 마치고 수도 텔레나에 도착하였다.

국왕 헤르시온은 카미엘이 자국 알폰시아를 방문한 것을 자축하기 위해 파티를 열었다.

서부 해안에 위치하며 상인들의 교두보가 되어주는 알폰시아이기에 재정은 상당히 부유한 편이었다.

국왕 일가는 그런 부유한 재정을 백성들에게 그대로 돌려주어 전 세계를 통틀어 가장 살기 좋은 나라로 손꼽힌다.

오늘 파티는 왕궁의 정원에서 열리게 되었으며, 이 나라의 백성이라면 누구나 참여할 수 있도록 하였다.

안 그래도 주기적으로 백성들에게 파티를 베푸는 왕가이기에 오늘의 파티는 월례 행사와도 같았다.

카미엘은 알폰시아의 백성들이 왕국으로 모여들어 와자지껄하게 떠들고 술잔을 기울이는 것에 큰 감명을 받았다.

그는 알폰시아의 왕자 테리온에게 자신의 감상을 전했다.

"이런 나라라면 정말 지킬 필요가 있겠구려."

"그렇게 생각해 주시니 저희들은 기쁘기 그지없습니다."

"지금껏 살아오면서 수많은 나라가 서고 져왔지만 이처럼 백성들이 행복하고 살기 좋은 나라는 없었소. 그 어떤 태평성대에도 이렇게 풍족하고 넉넉한 인심을 베푼 왕조가 없었기 때문이오. 그런 면에서 본다면 이 나라는 거의 완벽에 가깝다고 생각하오."

"감사합니다, 장로님."

"하하, 나에게 감사할 것은 없소. 이미 이 나라의 태평성대는 전 세계적으로 정평이 나 있으니."

카미엘이 이곳을 마지막 종착지로 선택한 것은 이런 훈훈한 풍경을 즐기면서 천천히 머물다 가려는 의도였다.

그는 왕자에게 술을 한잔 권했다.

"한 잔 더 받으시구려."

"감사합니다."

왕자는 카미엘이 따라준 술을 한 잔 마시더니 이제는 더 이상 마실 수 없다는 제스처를 취했다.

"후우, 죄송합니다. 제가 술이 약해서……."

"아니오. 그 정도면 꽤 마신 것 같은데?"

"그렇습니까?"

"술이 과했다면 들어가서 쉬시구려. 나는 괜찮소."

"…죄송합니다. 더 실수를 하기 전에 들어가서 좀 쉬겠습니다. 대신 제 누이동생이 올 테니 그 아이의 잔을 받아주십시오. 부탁드리겠습니다."

"하하, 그럽시다."

벌써 네 시간째 내리 술을 마신 왕자가 들어가고 난 후 공주 아슈리아가 파티에 등장하였다.

빠바바밤!

"공주마마 납시오!"

사람들은 이 나라 최고로 손꼽히는 절세미녀 아슈리아의 등장에 환호성을 보냈다.

짝짝짝짝!

"공주마마, 만수무강하십시오!"

"부디 오래도록 그 미모를 저희들에게 보여주십시오!"

왕국의 꽃, 그녀의 인기는 하늘을 찔렀다.

그녀는 시민들의 환호에 일일이 답하며 카미엘에게로 다가왔다.

카미엘은 고귀하면서도 기품이 넘치는 발걸음의 그녀에게 호감이 갔다.

아슈리아는 국빈 카미엘에게 예법에 따라서 정중히 인사를 올렸다.

"왕녀 아슈리아입니다, 장로님. 인사를 받아주십시오."

"반갑소. 카미엘이라고 하오."

그녀가 살며시 눈을 아래로 내리고 있어서 얼굴이 다 보이지는 않았지만 그는 아슈리아가 상당히 낯익은 것 같았다.

'이상하다. 어디선가 많이 본 사람인데……'

순간, 그는 며칠 전 그 쾌검의 검사가 떠올랐다.

카미엘은 속으로 실소를 흘렸다.

'말도 안 되는……. 왕녀가 어떻게 그런 호탕하고 남자다운 검객이란 말이야? 내가 잠시 생각을 잘못한 모양이다.'

그는 아슈리아에게 술잔을 권했다.

"한잔하시겠소?"

"주시면 감사히 받겠습니다."

아슈리아는 술잔을 받으며 카미엘에게 물었다.

"우리 구면인가요?"

"글쎄요. 방금 전까진 그렇게 생각했소만, 이제 보니 아닌 것 같소."

"그래요?"

그녀가 웃음을 머금은 채 말했다.

"생각보다 눈썰미가 없으시네요."

"……?"

"어쨌든 오늘은 장로님께서 사는 것으로 알고 마시겠습니다. 괜찮지요?"

순간 카미엘의 얼굴에 미소가 번졌다.

"하하, 맞소? 당신이 바로 그……."

"쉿, 비밀입니다. 왕도가 너무 갑갑해서 잠행을 나간 것이니 아바마마나 오라버니께는 비밀입니다."

"후후, 그렇구려. 잘 알겠소."

카미엘은 아슈리아가 굳이 절세가인이라서가 아니라 성품이 아주 올곧아서 마음에 들었다.

하지만 인간의 벽을 뛰어넘어 버린 카미엘이기에 뭔가 깊은 관계를 맺기는 어려웠다.

'그저 지나가는 인연으로 술 한잔하면 모를까.'

카미엘은 그녀와 한 잔 두 잔 술을 나누었다.

                        *   *   *

　늦은 밤, 카미엘과 아슈리아는 여전히 술잔을 나누고 있었
다.

　카미엘은 정말 대단한 주량을 가진 아슈리아에게 조금 더 깊
은 호감을 느끼고 있었다.

　"주량이 참 세구려."

　"워낙 전 세계를 돌아다니다 보니 그렇게 되었습니다."

　"전 세계?"

　"왕가에는 비밀입니다만, 공주의 사생활은 철저히 보장되기
때문에 한 몇 개월 사라져도 충분히 둘러댈 구실이 있습니다.
그래서 가끔씩 떠돌아다닌다는 것이 이렇게까지 되었네요."

　"하하, 인생을 즐길 줄 아는 사람이시구려."

　"후후, 그런가요?"

　아슈리아는 동부 대륙 최고의 노처녀로 손꼽히지만 동시에
이 시대 최고의 미인으로 손꼽히기도 했다.

　여전히 장가를 오겠다는 집안이 줄을 섰지만 그녀는 아직도
자유를 만끽하고 싶다는 생각이 강하게 남아 있었다.

　하지만 가끔씩 여자로서의 행복이 무엇인지 맛보고 싶다는
생각이 들기도 하는 아슈리아이다.

　"제가 이런 생각을 하면 어떻게 받아들여질지 모르겠지만, 저

는 여자로서 가장 행복한 순간을 맞이해 보고 싶습니다."

"어떤 것이 여자로서 최고의 순간이오?"

"아름다운 딸, 혹은 늠름한 아들을 갖는 것이지요."

카미엘은 여자라는 생물에 대해선 잘 모르지만 자식이라는 것이 있다면 참 좋겠다는 생각을 해보긴 했다.

"흠, 그건 나 역시 마찬가지요."

"장로님께서 아이를 갖고 싶으셨다고요?"

"나는 인간의 한계를 뛰어넘어 보통의 사람들과는 조금 다른 인생을 살아가야 하는 사람이오. 그러니 아이를 갖고 싶다고 한들 가질 수가 있나?"

"음, 그렇군요."

"어쩌면 아들이 나보다 먼저 죽는 것이 두려워 아이를 갖지 못할 수도 있으나, 사실은 가정을 잘 꾸릴 자신이 없는 것 아니겠소?"

그녀는 고개를 가로저었다.

"아니요, 그렇지 않아요. 당신처럼 훌륭한 사람 슬하에서 악인이 나올 리가 없습니다. 그럼 아이를 낳은 것만으로도 이미 사회에 공헌을 한 셈 아니겠어요?"

"하하, 그렇게 생각하면 가슴이 벅차오르는구려. 하지만 그것은 나에게 허락된 권리가 아니오. 나는……."

아슈리아는 카미엘에게 바짝 다가갔다.

카미엘은 지금까지 자신이 상대해 온 여자들과 그녀는 확실히 다르다는 것을 느꼈다.

정체를 숨기고 여자를 만나 하룻밤을 보내곤 했으나, 그것은 어쩌면 그 여자의 깊이가 카미엘의 마음에 꽉 들어차지 않았기 때문일 것이다.

하지만 아슈리아는 달랐다.

"당신은 참 특별한 여자이구려."

"…그런가요?"

"만약 내가 가정을 이룰 수 있다면 그대와 같은 여자가 곁에 있었으면 좋겠소."

그녀가 먼저 카미엘의 손을 잡았다.

"…공주?"

"여자가 먼저 이런 행동을 한다고 해서 상스럽다고 생각하시나요?"

그는 고개를 저었다.

"절대 그럴 리 없소."

"그럼……."

"당신은 언제까지나 고귀한 여자요. 그것은 비단 당신이 공주이기 때문만은 아닐 것이오."

그녀는 미소를 지었다.

"이쪽으로 오세요."

카미엘은 그녀에게 손이 잡힌 채 공주의 별궁으로 향했다.

＊　　　　＊　　　　＊

늦은 밤, 카미엘이 촉촉하게 젖은 창밖을 바라보고 있다.

그는 오늘따라 유난히도 빨리 잠든 쌍둥이 덕분에 홀로 술을 마실 수 있는 시간이 생겼다.

꿀꺽!

소주를 한잔 털어 넣고 나니 단 한 번도 남편 노릇을 해준 적이 없는 그녀가 생각났다.

"참 괜찮은 여자였는데."

그녀와의 첫 번째 잠자리 이후 몇 번인가 다시 동침하였으나 그 이상의 진전은 없었다.

카미엘은 애초에 가정을 꾸릴 준비가 되어 있지 않았던 것이다.

그때의 카미엘은 그것이 서로를 위해서 좋은 일이라고 생각했지만 지금에 와서 생각해 보니 그보다 더 멍청한 짓은 없는 것 같았다.

만약 카미엘이 그녀의 곁을 계속 지켰더라면 최소한 그녀의 목숨이 끊어지는 일은 없었을 것이다.

또한 자신과 닮은 아들이 눈앞에서 죽음을 당하는 것을 지켜보는 일 역시 없었을지도 모른다.

그런 생각을 하면 할수록 점점 더 괴로워지는 카미엘이다.

"멍청한 머리에는 약도 없다고 하더니 내가 딱 그 짝이로구나."

카미엘은 자신이 인간의 한계를 뛰어넘어 영생을 얻은 것을 홍복이라고 생각했으나, 이름 모를 사제는 이것이 신의 저주라고 말했다.

지금까지 그는 자신이 사랑하는 사람들을 전부 다 떠나보내고 두 손자 손녀만 남겨두었다.

저 아이들은 부모의 따뜻함을 모르고 클 것이고 카미엘의 아들 역시 아버지의 따뜻함이 무엇인지 모르고 자라났다.

카미엘은 자신의 과오로 인해 2대에 걸쳐 크나큰 상처를 주게 된 것이다.

아마 이런 상처를 안고 있음에도 불구하고 감히 목숨을 버릴 수 없는 것은 큰 저주인 것이 틀림없었다.

"이런 목숨이라도 최대한 즐겁게 살아가는 것이 그녀를 위한 길일까, 아니면……."

―멍청한 놈, 신세 한탄 그만하고 잠이나 자라.

카미엘은 실소를 흘렸다.

"후후, 네놈이 있었군. 생각을 못 했다."

―나도 있다, 이 배은망덕한 자식아.

"그래, 그랬지."

그는 어쩌면 아주 먼 훗날 자신이 죽어서 영혼으로 되돌아가는 날, 진정으로 행복을 맛볼 수 있지 않을까 하는 기대를 해보았다.

그때는 아내와 아들에게 정말 좋은 남편, 아버지 노릇을 해줄 수 있기를 바라본다.

『도시 마도사』 4권에 계속…

초대형 24시 만화방

신간 100%, 샤워실, 흡연실, 수면실(침대석), 커플석, 세탁기 완비

■ 시흥 정왕25시점 ■

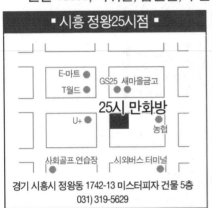

경기 시흥시 정왕동 1742-13 미스터피자 건물 5층
031) 319-5629

■ 강북 노원역점 ■

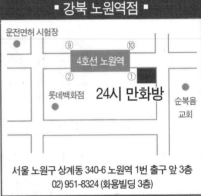

서울 노원구 상계동 340-6 노원역 1번 출구 앞 3층
02) 951-8324 (화용빌딩 3층)

■ 일산 정발산역점 ■

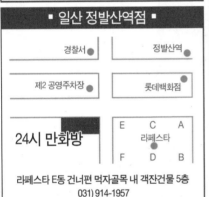

라페스타 E동 건너편 먹자골목 내 객잔건물 5층
031) 914-1957

■ 일산 화정역점 ■

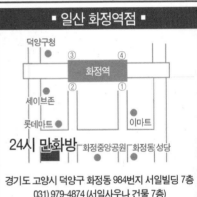

경기도 고양시 덕양구 화정동 984번지 서일빌딩 7층
031) 979-4874 (서일사우나 건물 7층)

■ 부천 역곡역점 ■

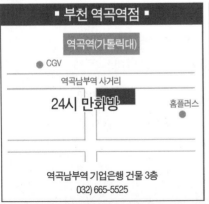

역곡남부역 기업은행 건물 3층
032) 665-5525

■ 부평역점 ■

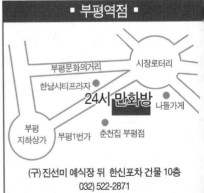

(구)진선미 예식장 뒤 한신포차 건물 10층
032) 522-2871

현윤 장편소설
FUSION FANTASTIC STORY

현대 무림 지존

무참히 살해당한 부모님의 복수를 위해
모든 걸 걸었다!

『현대 무림 지존』

"너희들의 머리 위에 서 있는 건 나다."

잔혹한 진실을 딛고 진정한 무인으로 거듭나는
태하의 행보를 주목하라!

Book Publishing CHUNGEORAM

유행이 아닌 자유추구 -
WWW.chungeoram.com

FUSION FANTASTIC STORY

텀블러 장편소설

현대 천마록

천하를 호령하고, 전 무림을 통합한
일월신교의 교주 천하랑.
사람들은 그를 천마, 혹은 혈마대제라고 불렀다.

『현대 천마록』

무공의 끝은 불로불사가 되는 것이라 생각했지만
그로서도 자연의 섭리 앞에선 어쩔 수 없었다!

'그렇게 많은 피를 흘렸음에도 불구하고
죽을 때가 되니 남는 것이 없군그래.'

거듭된 고련 끝에 천하랑의 영혼이
존재하지 않게 된 그 순간
그의 영혼은 현세에서 천마로서 눈을 뜬다!

Book Publishing CHUNGEORAM

유행이 아닌 자유추구 -
WWW.chungeoram.com

2016년의 대미를 장식할 최고의 스포츠 소설!!

Career record : 984W 26L
Career titles : 95
Highest ranking : No.1(387weeks)
Grand Slam Singles results : 23W
Paralympic medal record : Singles Gold(2012, 2016)

약 십 년여를 세계 최고로 군림한 천재 테니스 선수.
경기 내내 그의 몸을 지탱하고 있는 것은…… 휠체어였다.

『그랜드슬램』

휠체어 테니스계의 신, 이영석(32).
그는 정상의 자리에서도 끝없는 갈망에 사로잡혀 있었다.

"걷고 싶다, 뛰고 싶다. …날고 싶다!!"

뛸 수 없던 천재 테니스 선수
그에게, 날개가 달렸다!!!

GAME BALL

게임볼 설경구 장편 소설
FUSION FANTASTIC STORY

무명의 야구인이었던 남자,
우진이 펼치는 야구 감독으로서의 화려한 일대기!

『게임볼』

"이 멤버로 우승을 시키라고?"

가상 야구 게임,
게임볼을 통해 인생 역전을 꿈꾸는

한 남자의 뜨거운 행보에 주목하라!

Book Publishing CHUNGEORAM

유행이 아닌 자유추구 -
WWW.chungeoram.com

투신 강태산
박선우 장편소설
FUSION FANTASTIC STORY
무림을 휩쓸던 '야차(夜叉)'가 돌아왔다.
『투신 강태산』
여행사 다니는 따뜻한 하숙생 오빠이자
국가위기 특수대응팀 '청룡'의 수장.
그리고 종합격투기계를 휩쓸어 버린 절대강자.
전 세계를 무대로 펼쳐지는 투신 강태산의 현대 종횡기!!
"나는, 나와 대한민국의 적을, 철저하게 부숴 버릴 것이다."
서러웠던 대한민국은 잊어라!
국민을 사랑하는 대통령과 절대강자 투신이 만들어 나가는
새로운 대한민국이 펼쳐진다!!
Book Publishing CHUNGEORAM
유행이 아닌 자유추구 -
WWW.chungeoram.com